Diogenes Taschenbuch 24656

detebe

ROMANA GANZONI, 1967 in Scuol/Unterengadin geboren, absolvierte nach der Matura ein Geschichts- und Germanistikstudium an der Universität Zürich. Darauf folgte ein Aufenthalt in London. Nach zwanzig Jahren Tätigkeit als Gymnasiallehrerin widmet sie sich nun ganz dem Schreiben und lebt als freie Autorin in Celerina im Oberengadin. Für ihren Erzählband *Granada Grischun* (2017) und ihren ersten Roman *Tod in Genua* (2019) wurde sie mit dem Bündner Literaturpreis 2020 ausgezeichnet.

Romana Ganzoni

Magdalenas Sünde

ROMAN

Diogenes

Die Erstausgabe erschien 2021
im Telegramme Verlag, Zürich

Covermotiv: Illustration von Tina Berning,
›With Spring To Come‹, 2021,
Ink and thread on found paper

Veröffentlicht als Diogenes Taschenbuch, 2022

Diogenes Verlag AG Zürich
www.diogenes.ch
20/22/852/1
ISBN 978 3 257 24656 8

1

Magdalena saß im Schaufenster der Bäckerei-Konditorei Märky, leckte sich den Puderzucker aus den Mundwinkeln und schloss das Langeweileheft. Sie führte es, seit der Meteorit begonnen hatte, ihr Leben zu ruinieren. Das Heft war sein Geschenk gewesen nach dem ersten Gebrauch. Für ihn spielten die Hefte, die er standesgemäß bei Höppli in Mailand kaufte, eine wichtige Rolle. Darin strukturierte er seine Gedanken und beschrieb seine Gefühle. Gefühle würden meist der Langeweile entspringen, die er seit je *Ennui* nenne. Beschränkte Leute frisierten ihre Langeweile gern auf zu existenziellen Großkalibern wie Schuld und Scham. Das gelte auch für Magdalenas Gejammer. Es klinge, als wollte sie sich nächstens etwas antun, was er schade fände, vor allem unnötig. Sie solle sich doch bitte mit Notizen entlasten.

Magdalena legte ihr Heft weg. Sie hatte sich eben mit dem achten *Berliner* gestopft, nun eilte sie ins

Hinterzimmer, es spannte unerträglich an den Rändern, gleichzeitig fühlte sie sich leerer denn je. Sie steckte sich den rechten Zeigefinger tief in den Rachen, spielte mit dem Hautlappen, der vorstand, reizte ihn, bis sie kam, wie sie das Erbrechen nannte, *kommen*. Sie wollte kommen, Hefeteig und Konfitüre loswerden, so viel wie möglich davon wieder hergeben, zurückgeben, was ihr nicht gehörte. Sie hatte die Konditorei-*Berliner* gestohlen und würde sie gleich anschließend mit billigen Multipack-*Berlinern* aus dem Coop ersetzen. Aber zuerst musste sie sich erleichtern, leicht werden, nachdem sie gierig gewesen war ohne Gier, Völle ausgehalten hatte als Strafe für den neuen Tag, der nicht sauber beginnen konnte, weil sie es, wie immer, nicht geschafft hatte, ihm ohne Säure auf der Zunge und ohne verquollenes Gesicht entgegenzutreten. Nun setzten starke Kopfschmerzen ein. Sie würde unweigerlich zunehmen, und dann musste sie sich umbringen.

Bald war Mittag.

Magdalena roch an ihren Händen. Die Lavendelseife, die sie nach dem Erbrechen auch farblich am besten ertrug, duftete mild, genau wie ihre Bluse. Nur auf die Manschetten kam das teure Rosenwasser. Magdalena sprühte mit Verstand. Als Konditoreiverkäuferin verdiente sie im Monat 2100 Franken netto. Es gab nichts zu lachen in einer Stadt, die Geld und Lachen gleichermaßen verschlang. Zum Glück hatte sie ein paar Ideen, und Frau Märky überließ ihr das Hinterzimmer der Konditorei an der Oberdorfstrasse kostenfrei. Ein Drittel davon diente als Lagerraum, aber das war nicht schlimm. Magdalena kam mit der Toilette in der Ecke aus, der schlichte schwarze Paravent trennte sie vom Rest des Raumes. Daneben war ein winziges Lavabo mit zwei groben Hähnen. Das Wasser war entweder kalt oder heiß. Magdalena wusch sich deshalb so selten wie möglich.

Frau Märky, die über der Konditorei im ersten Stockwerk wohnte, hatte ihr anfänglich, im Sommer vor zwei Jahren, bloß 1800 Franken bezahlen wollen. Dem Mädchen vor ihr, Fatima, habe sie ganze 400 weniger gegeben. Die habe keine schweizerischen Allüren gehabt, als Analphabetin eh nicht, 1400 seien da mehr als großzügig gewesen. Sie habe das ausländische Mädchen schließlich nicht auffliegen lassen. Magdalena hatte keine Ahnung, weshalb Märkys Lohnpolitik nicht aufflog und weshalb nicht auskam, dass die Backwaren täglich von einer Großbäckerei angeliefert wurden, was an Frau Märky vorbeizugehen schien. Sie redete unentwegt von ihrer schönen Backstube, die im Untergeschoss lag und wohl seit 1960 nicht mehr betreten worden war.

Fatima hatte kürzlich geheiratet, womit ihr Lohnarbeit verboten war. Ihr Mann hatte sich nicht erweichen lassen. Frau Märky war in Aufruhr. Großneffe Gerri musste Ersatz finden, sofort, worauf er seine intime Freundin Magdalena vermittelte. Endlich konnte er sie in einen anständigen Rahmen verfrachten, bevor es zu spät war. Magdalena wollte das schon lange, es war ihr Herzenswunsch, den er ihr jetzt erfüllen konnte. Sie erfüllte schließlich auch seine Herzenswünsche, mit Grazie, wie er betonte. Ihre Suche war schwierig bis aussichtslos gewesen. Bewerbung ohne Arbeitszeugnisse. Nur eine Matur – und dann die große Lücke. Obwohl sie vieles konnte und wusste und noch mehr ahnte, als Spezialistin für das Spezielle.

Gerri war Frau Märky gegenüber vage geblieben, sie hatte abgewinkt, als er noch vager werden wollte. Ach, Gerri, guter Junge, hatte sie gesagt, das weiße Taschentuch mit dem Monogramm aus dem Ärmel gezogen, sich geschneuzt und ihm mit dem verklebten Taschentuch bedeutet, er sei jetzt entlassen, er dürfe wieder in seine Uni. Als er aufstand, hatte sie ihm einen ihrer spitzen Küsse nachgeworfen. Sie liebte ihn, was nicht schwierig war, und er verehrte seine Tante Rosemarie – mehr als die eigene Frau, die ihn nur mit spitzen Küssen bedachte, wenn die beiden Söhne mit Freund und Freundin an Weihnachten zuschauten.

Magdalena war in ihrer prekären Lage glücklich, bereits genügend Kleider, Schmuck und Bücher zu besitzen. Sie hatte, wenn auch kein Erspartes, schöne Dinge aus der Zeit, als sie noch keine Törtchen verkaufte. Auf ihren guten Geschmack bildete sie sich etwas ein. Deshalb hatte sie auch ihren Geburtsnamen Madlaina, den sie als wenig raffiniert empfand, abgelegt. Geschmack konnte zwar jede anstreben, wie die Eleganz, es ging dann wohl ein bisschen vorwärts, zwei, drei Meter, wahrer Geschmack war angeboren wie ein separater Sinn. Mit dem Geld, das Magdalena während ihrer Zeit im Studio mit sexuellen Dienstleistungen verdient hatte, war noch mehr Geschmack hinzugekommen. Die Dinge, die sie schon immer begehrt und sich dann angeschafft hatte, konnte sie auch heute beriechen, anfassen, darin lesen. Die Dinge lebten mit ihr. Das unterhielt und bildete sie. Es war ihr Trost und Aussicht. Mit Luxus hatte das nichts zu tun.

Magdalena versprach Frau Märky, den Verkauf zu steigern, sie war eine Frau, die auf der Bühne – hinter Kasse und Schaufenster – aufblühte wie Zuckerwatte am Stab. Frau Märky hatte zugestimmt unter der Bedingung, dass Magdalena ihre Anstellung als Probezeit verstehe. Sie hatte Angst, die Gesetze würden sich so verändern, dass sie Magdalena nicht mehr entlassen konnte. Sie wolle keine Zustände wie in Italien. Frau Märky war bestens informiert, schnitt dauernd mit ihrer italienischen Großmutter auf und fühlte sich für Italien zuständig. *Arbeit ist Würde,* diese Parole sprayen Arbeitslose dort auf Leintücher, sagte Frau Märky. Und deshalb darf es niemals ein Grundeinkommen geben, das kostet uns Milliarden und frisst alle Motivation. Das Geld soll die Altersvorsorge sichern oder in die Armee investiert werden, ein paar richtige Flugzeuge für rassige Piloten. Gerade die Jungen fühlten sich viel zu sicher, sie kennen nur fette Jahre, bewahrten nicht mal das gebrauchte Geschenkpapier auf. Dabei könne sich alles ändern, über Nacht. Man denke an den Ersten Weltkrieg. Eine Katastrophe, die Rosemarie Märky, Jahrgang 1938, zwar verpasst hatte. Aber davon merkte man nichts, wenn sie referierte.

Zwischen Magdalena und Frau Märky herrschte ein gepflegtes Gleichgewicht des Schreckens. Keine der beiden Frauen war der Ansicht, schmutzige Geheimnisse könnten ihrem Ruf oder dem Verkauf hinderlich werden. Was sie außerdem verband, war die Liebe zu crèmefarbenen Perlenketten. Magdalena hoffte, Frau Märkys Stücke einst zu erben. Wenn sie auch noch die Konditorei dazu bekommen würde, wäre das nicht ärgerlich. Gerri wollte die Konditorei bestimmt nicht, und er wollte auch sie seit vergangener Woche nicht mehr. Er brauche Ferien. Kein Mangel an Liebe sei das, ganz im Gegenteil. Er könne ihrer Selbstzerstörung nicht mehr zusehen. Es mache ihn kaputt, wie Magdalena seit zwölf Monaten schon diesem niederträchtigen Mann hinterherkrieche, nachdem er sie mit Ach und Krach in ein bürgerliches Leben vermittelt hatte. Und kein Ende absehbar.

Er hatte sie gleich gewarnt, der neue Macker sei eine verwundete Hyäne oder schlimmer. Er markiere und bespiele mit unerkannter Grausamkeit sein Terrain. Gleichzeitig hänge er alle Hoffnung an sie. Ihr begegnet euch wie Tiere, sagte Gerri, Tiere unterschiedlicher Gattung. Mit konträrem Reiz-Reflex-Programm. Wahrscheinlich führt dich in die Irre, dass er Bücher schreibt, das macht ihn für dich zum Gattungssubjekt. Wer Bücher schreibt, muss Mensch sein. Ach was! Ihr seid in eurem Wahn ohnehin keine Spezies der aufgeklärten Gattung mehr. Und ihr habt einen unterschiedlichen Genpool. Du machst den Eindruck einer Antilope, die sich nach Dates wundert, noch am Leben zu sein.

Da stand plötzlich Frau Märky vor Magdalena und sagte: Ab in den Mittag!

Magdalena trank ihren Espresso auf der Traminsel im Belcafé, einem verglasten Halbrund mit Rücken zum Kiosk. Wenn es der Vormittag zugelassen hatte, war ein Vollkornsandwich mit Roastbeef und Meerrettich dem Kaffee vorausgegangen, manchmal ein Roggenring mit Lachs und Dill. Über der Bar hing ein Glashimmel mit eingezeichneten Städten und Metropolen. Von hier aus war es nur ein Katzensprung nach St. Gallen, 62 Kilometer, Herisau 55, Zug 22. Bukarest 1400, Rom 680, London 770, Paris 490. Magdalena schaute über den Platz mit dem Springbrunnen zum *Kino Corso,* auf die Fassade der *Neuen Zürcher Zeitung* und des Opernhauses. Zum Espresso gab es eine *Madeleinemuschel,* rund und saftig, sie passte auf den Kaffeelöffel, im Verhältnis von Suppenlöffel und Ei.

Magdalena liebte Zürich. Ob Zürich sie liebte,

wusste sie nicht. Es war eine gute Stadt zum Sterben. Ein größeres Kompliment an einen Ort gab es nicht. Sie fuhr mit dem Finger zärtlich über das Tischchen. Sie ließ sich ab zwölf Uhr von Zürich und Europa, von der ganzen Welt begucken, ohne sagen zu müssen, wer sie war und was sie getan hatte. Im Schaufenster der Konditorei saß sie als Verkäuferin. Sie entsprach den Wünschen, packte die Ware ein, sagte, was zu sagen war, *bitte, danke,* ihr Verhalten war genormt, erwartbar. Am Bellevue aber war Magdalena vielleicht Künstlerin oder Ärztin, in einem Gespräch hätte sie jedes beliebige Thema intonieren und variieren können. Ein Café hatte nichts Anrüchiges, es gehörte hierher wie das Paradies in die Bibel. Genauso gehörte der Gast hierher. Er war unter Dach. Er durfte gelangweilt oder müde sein. Er saß am Fenster, auf einem Hocker, für den er bezahlt hatte. Jeder und jede konnte sich hier eine halbe Stunde in Sicherheit bringen und sehenswert fühlen, nicht nur, weil es keine Spiegel gab, um sich zu begaffen und hässlich zu finden. Durch die Glasscheibe sah Magdalena eine zerzauste, graue Frau mit ihrem hinkenden Begleiter, der auf seine Uhr schaute und abrupt stehenblieb. Zwei Alkoholiker setzten sich auf die Bank und stritten. Sie fuchtelten mit den Armen, während die meisten Menschen am Bellevue zielstrebig an ihnen vorbeizogen. Die schlenderten, fielen noch mehr auf als die Streithähne.

Der Kaffee war kalt geworden. Während sie die Tasse abstellte, verdoppelte sich das verglaste Halbrund. Magdalena stand in einer Schneekugel wie eine Balletttänzerin oder ein Reh aus Kunststoff. Grobe Schneeflocken lagen auf dem Boden, eine riesige Hand nahm die Kugel auf, schüttelte sie, legte sie ab. Magdalena stand still und sicher im Rieselschnee, das Zentrum der Plastik-Perfektion. Sie war der beste Kiosk-Artikel. Sie fühlte sich eindeutig, leicht und wahr, wie eine Weissagung. Und als könnte sie den Tag noch umdrehen. Aus dem Augenwinkel sah Magdalena eine kleinere Kugel, die sich entfernte. Da saß bestimmt ihr Kinder-Ich Madlaina drin, die Kellerassel mit dem kratzenden Pullover. Bleib mir bloß vom Leib, komm nicht auf die Idee, mit deinen dreckigen Pfoten auf meinen Tisch zu greifen!, dachte Magdalena, als das Halbrund wieder zu Beton wurde. Sie saß auf ihrem Hocker, eine Frau unbestimmten Alters, die ihren Rücken durchstreckte und über den Platz mit dem Springbrunnen schaute.

Mit der rechten Hand tat Magdalena nun so, als werfe sie das Bild, das sie als Kind zeigte, über den

See, wie einen flachen Stein, der drei Mal hüpft und dann untergeht. Mit der anderen Hand griff sie ins Wasser, als prüfte sie die Temperatur eines Schaumbads. Ins Wasser gehen. Das klang schön.

Eine Perspektive. Stille Freude erfasste sie, in der Hand noch immer die *Madeleine,* die auf den Kaffeelöffel passte, im Verhältnis von Suppenlöffel und Ei. Das Wort Eierlaufen kam ihr in den Sinn. Sie hatte das Eierlaufen erlebt im Dorf ihrer Kindheit. Wie schön war das! Der Kaffeelöffel wäre natürlich zu klein, er gehörte zum Frühstücksei im Porzellanbecher, Inbegriff einer geordneten Welt, die den Start in einen Tag versprach, wie ihn andere Leute kannten. Sie selbst war kürzlich mehrfach als rohes Ei verlacht worden, ein rohes Ei, das groteske Eiertänze aufführe, sagte der Meteorit. Er hatte dabei die eine Hand offen, die andere war zur Faust geballt. Das sah aus wie ein Vorher-Nachher. Auf der einen Hand lag Magdalena, körperlich unversehrt, in der anderen hatte er sie zerdrückt, um über die entstandene Sauerei zu jammern. Magdalena tauchte die *Madeleine* in den kalten Espresso und legte sie sich in den Mund. Vor ihr erschien – wirklich – das lächelnde Gesicht ihrer Freundin Kakao.

Madlaina war mit acht oder neun Jahren bei den

Pfadfindern gelandet. Das hatte ihr die Mutter eingebrockt. Meistens war es langweilig mit denen, bis zu diesem Familiennachmittag an einem Sonntag im Sommer, an dem Madlaina mit ein paar anderen Kindern über die hohe Eisenbrücke marschierte. Sie hatten Respekt vor dieser alten Brücke. Sie wussten, da war einmal ein Mann runtergesprungen. Auch gingen ein paar Risse durch den Boden. Sie sagten abenteuerlustig und tapfer, denen folgen wir jetzt, wer Angst hat, muss zurück. Wir folgen den Rissen auf die schlechte Seite. Und sie kamen zu der verbuschten Ebene mit den zwei Wiesen. Oben stand ein hässliches Wäldchen, schief und falsch, voller verdorrter Bäume. Die Schlucht war nah. Sie entwickelte einen gefährlichen Sog, wenn ein Kind allein davorstand. An diesem offiziellen Spielnachmittag durften die Kinder und Jugendlichen auf beide Wiesen, mit Bällen spielen, im Kreis sitzen und reden, sich auf die Picknickdecke ihrer Mutter setzen, mitten in der Gefahrenzone Kuchen essen. Und kein Mensch saß, wie sonst, im Gebüsch und weinte. Keiner rauchte Nielen, niemand verschwand.

Die Mütter gingen umher, betreuten die Pfadfinderinnen. Später beklatschten sie ihren Nachwuchs und, damit das legitim war, auch die anderen, die in Kartoffelsäcken hüpften, um die Wette rannten oder mit Eiern auf Löffeln balancierten. Madlaina kam ins Finale, mit heilem Ei, den Löffel hatten sie in einer ersten Runde in der Hand gehalten. Die drei Finalistinnen mussten nun noch einmal gegeneinander antreten, den Löffel im Mund. Es war demütigend, aber neben ihr startete das vielbewunderte Mädchen, das in diesem Kreis *Kakao* hieß.

Da Madlainas Fahrtenname *Bohne* lautete, gehörten sie zusammen. Kakao war das, was einmal aus einer Bohne werden könnte, eine Frau mit Brüsten und Freund. Madlaina wollte zwar diese Brüste nicht unbedingt, und der Freund von Kakao gefiel ihr auch nicht, aber sie wollte so schauen können wie Kakao. Sie wollte ihre Bewegung, ihre Selbstverständlichkeit. Das Schönste war, wie Kakao die Haare in den Nacken warf – und ihre Ruhe. Sie war ganz bei sich. Vielleicht, weil sie wenig Fragen hatte. Dazu gehörten wahrscheinlich diese Brüste, aber auch Schuhe mit Absatz und eine helle Wildledertasche mit Fransen sowie die runde und freundliche Mutter von Kakao. Vielleicht wurden Mütter mit den Jahren so, rund und freundlich. Wenn das Kind die Primarschule besucht, sind die Mütter noch traurig, aufgeregt und ungerecht, weil sie ja nicht sicher sein können, ob aus einer Bohne einmal richtiger Kakao wird. Und wer konnte schon ein Mädchen gernhaben, das zu nichts zu gebrauchen war? Magdalena konnte nichts dafür, dass ihr Bruder starb. Trotzdem fühlte sie sich schuldig. Die Mutter von Kakao trauerte vielleicht auch, einfach anders als ihre. Kakao hatte nämlich keinen Vater und Kakaos Mutter keinen Mann.

Nun war Kakao im Belcafé, zusammen mit der runden Mutter, die immer freundlich zu der kleinen Madlaina war. Das hatte diese Art von Mutter gemein mit klassischen Süßigkeiten und Backwaren. Sie sind immer gut zu uns. Wir begehren sie immer. Sie trösten uns wie alle schönen Dinge, enttäuschen nie. Warm und einfach sind sie, gerade wie diese halbe *Madeleine* neben dem Kaffeelöffel. Wahrscheinlich sind diese *Madeleine*-Mütter aus himmlischem Mehl gemacht, dazu kommt Puderzucker, Ei, Natron, Zitronenschale und Rum. Gott richtet sie mit einem Spritzbeutel in einem Formblech an. Die Originale bekommen das Relief einer Muschel, was nach einem weichen Frauennamen ruft, nach Weiblichkeit ohne Fragen. Magdalena ginge nicht, der Name klang streng und anstrengend, auch Madlaina, klanglich näher, wäre unmöglich. An diesem Namen hingen Erde und Mist, ja ganze Erdrutsche und Misthaufen oder, schlimmer, Geröllhalden, dünne, trockene Luft und der Geruch der Metzgertochter, die Madlaina war, obwohl ihre Mutter an der Universität studiert hatte, aber nicht zu Ende. Deshalb war Magdalena keine Ärztinnentochter oder Anwältinnentochter. Einmal hatte sie die Mutter gefragt, was sie früher hatte werden wollen, worauf ihre Mutter den Raum verließ. Warum hatte sie nicht mit »glücklich« geantwortet? Was sie beruflich hatte werden wollen, spielte nach dem Tod des Bruders bestimmt keine Rolle mehr, wahrscheinlich hatte ihre Mutter das Fach, das sie studiert hatte, vergessen.

Madlainas Vater hielt seine Tochter für ein kleines Genie, weil sie manchmal überraschende Dinge sagte, obwohl sie doch die Wochentage nicht aufzusagen wusste. Er nannte sie deshalb *Professor Balthazar*, nach der Trickfilmfigur. Ein hochdotierter Akademiker sollte ihm den Kaffee vor den Fernseher bringen, wenn der Reifenwechsel während des Formel-1-Rennens vonstatten ging. Madlaina war bereits zufrieden, wenn sie sein Getränk nicht verschüttete.

Ihr Vater hatte einmal gesagt, Kakaos verschwundener Vater sei ein Garagist aus Kalabrien. Madlaina konnte sich gut vorstellen, dass der keine Zeit hatte für seine Familie, er musste für die Formel-1-Piloten die Reifen wechseln und später die Boliden in Topform bringen. Im Schweizer Dorf hätte er das nicht machen können, und ohne Meer zu leben war keine Option, sein Herz wäre gebrochen. Lieber ein Vater in einer süditalienischen Garage als unter einer Grabplatte, hatte sie zu Kakao gesagt, die Madlaina anstarrte und dann weglief. Es war der Anfang ihres großen Zerwürfnisses. Über ein Geheimnis so zu sprechen war unverzeihlich. Seither sehnte sich Madlaina nach ihrer Freundin. Ein paar Jahre später hatte sie Kakao den langweiligen Typen ausgespannt, um sich bei ihr wieder ins Spiel zu bringen, ihr nahe zu sein. Kakao ging und kam nie wieder. Heute war sie aus dem Espresso aufgetaucht. Der war sogar gut genug für eine halbe Süditalienerin.

Willst du mich retten?, fragte Magdalena den letzten Tropfen Kaffee. Ihre Vergangenheit war bis jetzt noch nie aus einer Tasse gestiegen, sie kam ihr bisweilen aus den schlecht gewaschenen Flauschtüchern im Badezimmer des Meteoriten oder in billigen Hotels entgegen, der Geruch hatte ihr immer die Sprache verschlagen, sie empfand Ekel, Scham und Schuld, Gefühle, die der Meteorit sofort als auffrisierte Langweile entlarvt hätte.

Als sie aufblickte, nickte ihr der Alkoholiker mit dem alten Marlon-Brando-Gesicht zu. Sie mochte eigentlich nur das junge Marlon-Brando-Gesicht, seit sie gelesen hatte, dass der alte Marlon Brando vor laufender Kamera eine junge Schauspielerin vergewaltigte. Der Alte da draußen war aber nun mal alt. Jetzt stand er auf und machte sich bereit, auf eine andere Bank zu ziehen, weil er mit dem bärtigen Kollegen noch immer im Streit lag. Der Bärtige sah aus wie die personifizierte Naturgewalt aus einem Fantasy-Film, neben sich hatte er einen kleinen Baum aus Metall oder Holz. Sie donnerten sich mit ihren kaputten Stimmen an, Magdalena verstand nicht, worum es ging. Das Repertoire war bestimmt über die Jahre dasselbe geblieben und längst Teil eines Rituals, das Aufregung, Sicherheit und Heimat zugleich gewährte.

Der Alte mit dem Marlon-Brando-Gesicht hörte auf zu schreien, als er Magdalena erblickte. Er nickte ihr auf eine Art zu, die vielleicht hieß: Verurteile mich nicht! Sieh in mir, was ich dir zu zeigen bereit bin, auch wenn ich in der Notschlafstelle nächtige, ich bin ein Mann, und du bist eine Frau, ich bin draußen, du bist drinnen. Das Glas zwischen uns ist mehr als ein Glas, aber lass uns tun, als sei unser Geschlecht und die Spannung, die es erzeugt, alles, was zählt. Magdalenas Blick musste sich dem hingegeben haben, denn er schlug den Blick nieder, als sei er ermattet und zufrieden. Nun ging er Richtung Kiosk in einen neuen Konflikt. Der andere hob die Faust. Er triumphierte und führte seine Selbstgespräche fort, die er unterdrückte, wenn ein Kollege bei ihm war.

Manchmal gesellte sich zum Bärtigen eine Frau, die kein Alter hatte und viele Kleider übereinander trug. Sie spielte mit ihrem hennaroten Haar und bewegte mit der Fußspitze einen Einkaufswagen vom Supermarkt, als wiegte sie einen Säugling, den sie gerade als Sonderangebot gekauft hatte, in den Schlaf. Aber statt des Säuglings saß ein magerer Kurzhaar-Terrier mit einem dunklen Fleck über dem Auge auf dem Abfallsack, der ihre Habe barg.

Der Marlon Brando des Bellevues, der aussah wie ein blasser Vietnam-Veteran in einem Land, das keine Kriege führt, war in den letzten Jahren verfettet. Die Lederhose beengte Gesäß und Beine. Sein Bauch stülpte sich über den Gürtel, das tarngrüne Gilet mit den vielen Taschen stand ab. Über den Schultern hing nicht mehr der obszöne schwarze Ledermantel vom letzten Winter, sondern ein Umhang, der ihm ein Flair von Befreier verlieh, der im Schutz der Nacht die Würde der anderen Drangsalierten verteidigte. Das Haar, das er am Hinterkopf zu einem Pferdeschwanz sammelte, war schütter geworden. Aber er stand noch aufrecht und breitbeinig in seinen Biker-Boots. Er hielt die Arme vom Körper, als hinderten ihn aufgeblähte Muskelberge an einer entspannten Haltung. Er wirkte wie einer, der sauber gekämpft hatte im Leben, und sich, obwohl nicht als Sieger hervorgegangen, etwas vom einstigen Willen in seine alten Tage retten wollte, wohl in der Hoffnung, dass die Männer ihn respektierten und eine Frau sich nach einer Nacht mit einem abgerissenen alten Krieger sehnte, eine Frau, die nur auf den Eckzahn schaute, der nicht verfault war.

Würde er Gewalt anwenden, um mich zu schützen?, überlegte Magdalena. Doch als sie aufsah, war Marlon weg. Sie bestellte einen zweiten Espresso und tauchte die frische *Madeleine* darin ein, und sogleich sah sie das schöne Gesicht von Kakao. Sie wusste, es wird alles gut. Sie hilft mir. Sie lässt mich nicht im Stich, obwohl ich mich an ihr versündigt habe.

Frau Märky war gegangen, Magdalena saß wieder

in der Konditorei. Wer immer durch die Oberdorfstrasse spazierte, konnte sie im Schaufenster betrachten. Auch wer nichts kaufte, durfte zuschauen, wie sie artig dasaß in ihrer beigen Bluse. Das Schaufenster der Konditorei war ein guter Ort. Frauen müssen erblickt werden, damit der Rubel rollt. Ihre Blicke sind da, um alles so einzurichten, dass sie erblickt und fortgetragen werden. Wenn sie selbst erblicken und forttragen, dann ist das nicht Lust, sondern Rache. Rache war in Ordnung, aber sie musste mit dem großen Löffel angerichtet werden, nicht mit dem Kaffeelöffel. Keine Sticheleien und Zickigkeiten, sondern Kopf ab. Das schnoddrige *Tank Girl* konnte das, es fuhr mit Panzern umher, feuerte auf jeden. Athletin *Lara Croft* konnte das, Killer und Kampfsau. Der skandinavische Punk und Hacker *Lisbeth Salander* konnte das. Ruchlose, gewalttätige Frauen ohne eine Spur von beigem Temperament.

Magdalena beantwortete die Fragen der Touristen und der Neugierigen, zeigte ihnen den Weg, empfahl Museen, Ausstellungen, klaubte das Kinoprogramm hervor, wusste, welches Theaterstück sich lohnte, weil sie mit dem Premierenpapst gesprochen hatte, einem Anwalt, der beim Großmünster eine Kanzlei betrieb. Sie bedankte sich *tuusig* beim scheuen Postboten, der ihr geflochtenes Haar lobte. Sie lachte, wenn die flinke Floristin von nebenan mit den 120 Kilogramm sich einen anzüglichen Witz erlaubte.

Magdalena sprach auch mit den Männern, die sie bereits kannte, manche wollten sie zurück, die, die besonders dominant waren, versuchten, es ihr wieder alle Spielregeln außerhalb der bezahlten Ordnung zu befehlen. Andere wollten mit allerlei Versprechungen, Finten und Komplimenten eine kleine Ausnahme erwirken. Einmal im Monat, das mache doch keinen Unterschied. Aber sie blieb dabei, ich bin nicht mehr im Dienst, ich bin jetzt hier und verkaufe Brötchen. Aber sie war nicht hartherzig und auch nicht dumm und gestand dem einen oder anderen, je nach Kundenfrequenz und Tageszeit, erotische Gespräche zu, deren Zentrum die jeweilige Obsession des früheren Kunden war. Sie unterstrich diese Gespräche, indem sie die Stückchen in der Auslage oder – zur Ankurbelung der Fantasie, wie sie sagte – hinter einem Karton drangsalierte. Sie strich mit der Zange darüber, sie zwickte, schüttelte, brach oder bog das Stückchen, drehte es auf den Bauch, zerdrückte es, ließ die Silbergabel darin stecken, packte eine Punschkugel fast luftdicht in viele Schichten Klarsichtfolie, um mit der Nagelschere etwas Luft zuzulassen, die sie dann mit Klebeband arhythmisch kontrollierte.

Sie tadelte und lobte, sie versprach hoch und heilig mit gedehnter Kopfstimme, dem Stückchen nichts zu tun, sie lasse es gerne am Leben – zu ihren Konditionen. Sie kommentierte die Auslage, als bestünde sie aus lauter Individuen, Wünschen und Träumen, sie erzählte, wie sie abends die Süßigkeiten mit einem Gummihandschuh packte, partiell mit Zuckerpaste bestrich, sie unter anderer Patisserie verbarg, Schokoladensauce darüber goss, wohin sie das arme Stückchen zur Besserung schickte, damit es über sich nachdenken konnte, ins dunkle Hinterzimmer, wie lange es dort darben musste, in der Ecke stehend, kauernd, im Vogelkäfig dämmernd, unter dem Bett, auf einem Bein, was alles nicht erlaubt sei während der Zeit des Darbens und Bereuens, zum Beispiel bestimmte Gedanken, vor allem der Gedanke an die eigene Rettung. All das gehörte zu ihrer professionellen Fürsorge, sie war streng und gerecht, Strenge liege näher bei der Liebe als Laschheit, sagte Gerri. Sie war einst eine gute Nanny und Dame des Hauses, nun gab sie die gute Konditorin, die ihr Werk begutachtete, es nach Fehlern untersuchte, mit ihm machte, was ihr richtig und gut erschien.

Nach Bedarf war Magdalena auch der Gegenpart, das Stückchen selbst, statt Dame des Hauses die arme Magd auf dem Gutshof, die Zofe, das Dienstmädchen, das Schulmädchen, die Putzfrau, die kleine Krankenschwester, die eingebildete Sekretärin, die Enkelin. Sie erzählte, was dem armen Dreck-Stückchen widerfahre, das da geplagt wurde. Sie erzählte von ihren Qualen in bedauerndem Ton, seufzte und zeigte Verständnis, sie hatte es verdient. Sie schmierte die Buttercrème auf die weißen Plastikuntersätze im Schaufenster, ein Spritzer landete auf ihrer Bluse. Sie ritzte und würgte die Stückchen, sie bedrohte sich mit dem Küchenmesser, dann stieß sie ein Erdbeertörtchen über den Rand, um dem Kunden in die glitzernden Augen zu schauen, zu nicken und manchmal sogar zu lachen. In ihrem Studio, das sie früher betrieb, und in den billigen Hotels – unverzichtbar für ein bestimmtes Setting – war dies seltener vorgekommen. Legendär blieb ihr Champagnerverbrauch. Alle hatten mit der Magdalenerin angestoßen, und jeder hatte einen neuen Termin eintragen lassen. Im Oberdorf machte die Behandlung nur 150 Franken, ohne Körperkontakt. Magdalena packte dem Kunden die Brösel und lädierten Süßigkeiten ein, Lustreste zum Mitnehmen. Der Kunde war selig, beim Bezahlen wurde ihm erst vollends klar, wie schön das ist, wenn Gutes kostet. Auch Magdalena war zufrieden. Sie musste nicht duschen, was ihr angesichts ihrer Wohnverhältnisse recht war, erbrechen reichte.

Der Männerblick auf Magdalenas Bühne und ihre Performance warf, zusammen mit den Trinkgeldern, ein paar tausend Franken extra ab im Jahr. Die Gaben der Stammkundschaft waren Bestandteil ihres bescheidenen Fix-Lohns, sie musste ja leben in der Stadt, die Geld und Lachen verschlang. Etwas Unterhaltung musste dann und wann auch sein, von der Vorführung auf der Gassenbühne da draußen hatte sie nicht gegessen, obwohl, manchmal war sie von ordentlicher Qualität, die Menschen warfen sich in Posen, gestikulierten, stritten, starrten geradeaus, stolperten und rempelten einander an, fassten sich bei der Hand, küssten sich, standen da. Alltagszirkus.

2

Nach Ladenschluss übte Magdalena im Hinterzimmer vor dem Spiegel den unsentimentalen Abschied, den sie wieder nicht schaffen würde. Der Meteorit hatte gegen siebzehn Uhr angerufen und sie zu sich bestellt. Er wohnte seit zwanzig Jahren in einer Genossenschaftswohnung, er nannte sie eine ironische Bleibe. Er, der in Zeiten, die das Literarische noch zu schätzen wussten, selbstverständlich im Grand Hotel logiert hätte, amüsiere sich täglich über all die selbstgerechten und verbiederten Pappnasen. Tragikomisch. Immerhin verankere ihn dieses Milieu in einer Realität, der er anderswo aus guten Gründen entfliehen würde. Das Quartier lehre ihn außerdem, die angesagte Hose und die richtigen Schuhe zu tragen. Das könne seinen Fokus, stets auf das Existenzielle und Radikale gerichtet, nicht schwächen. Die Theorie habe er eh im Griff, Metaphysik, Kontingenz, Dekonstruktion, Autopoiese, *whatever,* auch Politisches und ökonomische Aspekte. Dichter und Philosophen: unter Kontrolle. Und all die Frauen und effeminierten Typen, denen er in seinen Texten ihren Platz zuwies.

Sein Stil war schnörkellos und elegant, schöne Sätze. Herrgott, er machte alles richtig! Es gibt viele, die schreiben, sagte der Meteorit, aber nur maximal zehn Schriftsteller pro Land, und da die Schweiz ein sehr kleines Land ist, gibt es vielleicht drei, und davon taugt nur einer, alle wissen das, deshalb werde ich gemieden oder schlecht besprochen. Viele glaubten an ihn, das wusste er, sie würden diskret auf Durchbruch und internationale Anerkennung warten, was ihm schmeichelte. Gleichzeitig setzte es ihn unter Druck, wie er sagte, so sehr, dass er oft keine Lust verspüre, seine Notate weiterzuführen, wie sie es zweifellos verdient hätten. Aber er mochte nun mal keine Vorgaben, er konnte nicht einer billigen Erwartung zudienen, das hemmte seine Kreativität. Zum *Ennui* komme die *Fatigue* und die Einsicht, seine Notate, auch die kürzesten, seien wertvoll genug, ja so welthaltig, wie andere es auf 600 Seiten nicht hinbekamen. Wenn er sich nicht am eigenen Werk versündigen wolle, dürfe er nichts dazutun.

Notate sind letztlich die einzige angemessene

Form, um sich an eine atomisierte, undurchschaubare Welt heranzutasten, sagte er. Natürlich weiß das jeder, eine Binsenweisheit. Trotzdem schreien alle nach Romanen, um damit die minderwertigste Ware willkommen und gutzuheißen. Es reicht irgendein zeitgeistiges Thema und ein Reißbrett-Plot, auf den mehr Zeit verwendet wird als auf alles andere. Die auf Mainstream abgerichtete Literaturkritik und eine kitschversessene Leserschaft müssen unbedingt nach zehn Seiten verstehen, was läuft, wer gut und wer böse ist, sie wollen sich identifizieren mit dem überlegenen Prinzip, das zum Schluss gewinnt, indem es jämmerlich scheitert. Die beklatschten Romane stammen von Leuten, die Schriftsteller und Schriftstellerinnen genannt werden wollen, bevor sie die Sprache haben, einen Stoff oder besser: ein Stöffchen zu bewältigen. Und dann die Abgänger der Schreibschulen, die im Wahn des Jugendkults zusammen mit ihrem Text an den Höchstbietenden verkauft werden. Es ist eine Qual. Der Meteorit war erschöpft. Wir wohnten dem Niedergang der westlichen Zivilisation bei, und der Einzige, der sich daran rieb und störte, war er, immerhin befähigt, Dekadenz gültig zu behandeln. Das war der Inhalt seiner Standardreferate, die Magdalena in- und auswendig kannte. Irgendwann fügte er noch hinzu, standfest bleiben zu wollen, er würde niemals gefällige Publikumsbücher liefern oder Moden folgen. Er nehme weiterhin auf, was relevant sei und ihn überwältige, damit es in angemessener Form aus einem klassisch gebildeten Menschen fließen könne, dringende und leidenschaftliche Literatur, er trete dafür ein, bis zuletzt, ob anerkannt oder nicht.

Obwohl der Meteorit betonte, wie wichtig Erfahrung und Empfindung seien, kam während seiner Unterweisungen meist kein einziger Satz zustande, der mit persönlichen Einsichten verwoben oder direkt an Magdalena gerichtet gewesen wäre. So auch heute. Der Meteorit hatte nicht einmal gefragt, wie es ihr gehe oder ob er Wein nachschenken solle. Er war zu beschäftigt mit dem, was er für wichtig, gefährlich und virtuos hielt. Sie aber hielt es mehr denn je für heil- und rücksichtsloses Zusammenstricken von bereits Gedachtem, bestehenden Wendungen und vorgefassten Standpunkten, ein Mix, den er mit passenden Geschichten anreicherte. Er entriss sie Freunden und Bekannten, gierig auf alles Hohe und Verunfallte, ein ruchloser Rohstoffhändler und heuchlerischer Veredelungsfabrikant von Glück, Leid und Schrecken. Wenn Schreiben hieß: ein möglichst großes Arschloch werden, dann hatte er es wahrlich geschafft, fand Magdalena. Wenn

Arschlochdasein und Textqualität in einem direkten Verhältnis zueinander stünden, dann war er ein Weltautor, vor dem sie sich verneigte. Trotzdem wollte Magdalena in seinem Heft vorkommen, und sei es nur als eine, die ihm am Samstagabend beim Lesen zusieht.

Er las konzentriert, von Zeit zu Zeit schaute er zur Decke oder schrieb etwas ins Heft, er achtete nicht auf Magdalena, die ihm gegenübersaß. Sie hatte fast die ganze Flasche Rotwein getrunken. Sein halb gefülltes Glas blieb unberührt. Sie beobachtete ihn, es verging eine ganze Stunde, bis sie sich ins Bad zurückzog. Sie verbrachte viel Zeit im Bad, wenn sie in der ironischen Bleibe zugelassen war – immer dann, wenn seine Frau sich wieder eine Auszeit genommen hatte, was regelmäßig geschah. Mit seiner Frau verkehrte er auf Augenhöhe, dafür lief im Bett nichts. Magdalena war in ihrem Unwert eine Provokation, die ihn antrieb. Er ging mit ungehemmter Gemeinheit und Kraft auf sie zu, ganz ohne Erziehung, ohne die Erinnerung an ein einziges Buch und strafte sie ab für ihre Zartheit, weil sie so anders war, so lieb, weil sie ihn dadurch in einen Zustand versetzte, der seine Kontrolle sprengte. Das konnte er auf keinen Fall zulassen, vor allem, wenn sie Nein sagte und Nein meinte. Magdalena blickte in den Spiegel, der einen kleinen Schrank abschloss, und obwohl die Neugier sie stach, schaute sie nicht nach Lippenstift, Antibabypille und Beruhigungstabletten der Teilzeit-Ehefrau.

Sie selbst konnte sich nicht einmal als Teilzeit-Geliebte fühlen, der Meteorit gestand ihr nur den Titel *einzigartige Person* zu. Redundant. Jede Person ist einzigartig, per Definition, hatte Magdalena erwidert. Er war nicht darauf eingetreten, vielleicht, weil er sich als besonders listig und geistreich empfand. Mit dem Begriff Person rückte er Magdalena in die Nähe antiker Schauspieler, deren Stimme durch die Maske hindurch klang: *per-sonierte*. War sie für ihn ein Mensch, aus dessen Mund hoffentlich seine Formulierungen kommen würden, ein Echo? Durfte er sich parallel dazu in ihrem Auge spiegeln, das ihn immer aufnahm und verschlang, damit er seine Flügel ausbreiten konnte in ihr? Wie die Tauben von San Marco, verdammte Mistviecher. Ob sie innen auch so vollgeschissen war wie dieser Platz? In der Konditorei hatte sie an eine Zukunft geglaubt, ein volles Jahr lang, sie hatte gehofft, sie würde sich verlieben, am liebsten Knall auf Fall. Und so geschah es. In nie erlebter Intensität. Weil sie nicht hoffen durfte. Das machte sie an, und es drückte sie nieder. Wenn sie es aussprach, fand der Meteorit das absurd, gesucht, hysterisch. Sie solle ihn gnädigst verschonen mit ihren Komplexen, die Probleme könne sie in ihr Heft schreiben.

Warum galt nach all der Demütigung noch immer der erste Gedanke beim Aufwachen dem Mann, der sie offensichtlich verachtete, obwohl er betonte, ihre Begegnung sei ein Ereignis gewesen? Bestimmt weil der Vertrag damit für ihn besiegelt war. Nun riefen zahlreiche Verpflichtungen, er verschwand tagelang, zog irgendwo seine Bahnen, während sie in der Konditorei saß, Brötchen und Croissants verkaufte und *Berliner* erbrach. Auch ihr letzter Gedanke vor dem Einschlafen galt dem Mann, der sie zu sich zitierte, wie es ihm gefiel. Sie stand vor dem Spiegelschrank und blickte in ihre Augen, so lange wie möglich nicht blinzeln, dachte sie und blieb stehen, tat nichts anderes, zog sich nicht die Lippen nach, sie erbrach sich nicht, roch nicht an den Flauschtüchern, die an Messinghaken hingen, harmlose Angebote für die feuchte Haut, weiche, im Tumbler getrocknete Stoffe, genormte Formate, vom vielen Waschen spröde-gräulich geworden. Ein zartes Muster mäanderte am Webrand, bestimmt noch ordentlich saugfähig. Aber weit weg von der appetitlichen Textilie, die in der Auslage des Geschäfts den Blick anzieht, ein sauberes, trockenes, reines Leben verspricht. Dabei ist sie während dieses Versprechens völlig unbrauchbar, imprägniert, damit sie unmenschlich riecht, ihre Appretur gleicht dem Duft von Lack und Firnis und erinnert eher an ein Ölbild als an verwöhnte Haut. Aber immerhin, sie garantiert, dass nicht nur Wasser abgestoßen wird, sondern auch all die anderen Ausscheidungen, der Gestank der Menschen, der sie verbindet.

Ordentlich gewaschen, verloren sie diese Gerüche. Die Flauschtücher waren dann zwar nicht mehr neu und begehrenswert, sie wurden zu einem praktischen Teil des Haushalts, bis sie durch Nachlässigkeit oder Unkenntnis, vielleicht auch aus Kostengründen, mit zu niedriger Temperatur gewaschen wurden und sich fortan alles aneigneten, was Menschen seit der Geburt absonderten. Angefeuchtet entließen sie zu gegebener Zeit den faulen Geruch in die Nase des nächsten Benutzers, auf Gesicht sowie Hände und Körper. Der Geruch entfaltete sich auf dem Menschen, der sich säubern und nach sich selbst riechen wollte. Das Programm hätte ihr und jedem bekannt sein müssen, von Anfang an, da jeder Mensch das Licht und die Dunkelheit der Welt zunächst zwischen Fäkalien und Urin erblickt.

Magdalena kam, derart parfümiert, immer sofort alle Energie abhanden. Als habe jemand den Stecker gezogen. Das Licht ging aus, ihre Vergangenheit stand vor ihr wie eine Wand, sie hatte kein Recht zu existieren und auch keinen Grund. Nur einmal hatte diese Vergangenheit freundlich zu ihr gesprochen, heute, im Belcafé, als ihr das Gesicht ihrer Jugendfreundin Kakao erschienen war. Willst du mich retten?, fragte Magdalena in den Spiegel und beroch sich dort, wo sie sich an der Oberdorfstrasse Rosen-Parfum hingesprüht hatte, die feinporige Innenseite des Oberarms duftete hell und süß, wie ein glücklicher Moment, den sie mit Kakao beim Spiel verbracht hatte. Sie küsste ihren Oberarm, zärtlich, dann umarmte sie sich mit beiden Armen, drückte die Finger in die Rippen, zog die Arme weg und küsste wieder ihren Oberarm, der immer für sie da war. Er verhielt sich wie das Gesicht eines Menschen, den sie lieben durfte und der sie liebte. Nun biss sie kurz zu, als sei es der Mann da draußen, der Zerstörer, einen Kuss hätte er nie erlaubt, aber nun tat sie, als ließe er Zärtlichkeit zu, als bliebe er ruhig an ihren Lippen. Dann legte sie ihre warme Hand in den Nacken. Zum Abschied umarmte sie sich nochmals, sagte, du, und genoss den Nachhall des Wortes und der Berührung.

Als sie aus dem Bad trat, hatte der Meteorit ein neues Buch hervorgezogen. Den Titel verbarg er. Besser, als wenn er mich erschösse, dachte Magdalena, lieber eine verschwiegene Bibel als ein rauchender Colt. Bibel und Colt, wie gebraten und gesotten, aber zum Glück ging lesen und schießen nicht gleichzeitig. Sie betrachtete den alten Mann auf seiner Bühne, die Augen lagen hinter den leicht getönten, dicken Gläsern einer Hornbrille, dunkle Mandeln im Kopf eines satten Tiers, das man nie beim Fressen antraf. Er zog sein Heft zu sich, dann fluchte er, weil die Tinte nicht floss. Er griff zum weichen Bleistift. Und weiter ging die *One-Man-Show*. Seine Bühne war ihr Krater, der Meteorit hatte ihn geschaffen, als er aus dem Nichts in ihr Gärtchen gekracht war, zwischen Erbsen und Rittersporn. Sie nahm die Katastrophe nicht nur hin, sie begrüßte ihren Ruin als Schicksal in Gestalt eines hochaufgeschossenen Alten mit ironischem Mund. Sie trug alle Schuld, weil sie den Garten bestellt und rundherum Karotten, Zucchetti, Teerosen und Iris gepflegt hatte. Bitte hier sprengen! Die Gießkanne war ihr aus der Hand gefallen, und sie hatte begeistert gerufen: Ich Arme! Seither wohnte sie seinen Aufführungen bei, sie kroch zu ihm, wenn er es befahl, sie hätte sich in den Teppich reiben oder das Klo runterspülen lassen, aber er ließ sie am Leben, vielen Dank, dass sie am Bühnenrand balancieren durfte, bis er sie in die letzte Reihe schickte, wo sie hinter der Säule auf ihren nächsten Einsatz wartete.

Er sah von seinem Buch auf und sagte, was für ein Unsinn hier steht! Kleines Autoren-Gejammer über das Begehren, viel wurde darüber geschrieben, wie es den Menschen begleitet, ihn zum Leinengang zwingt wie ein Haustier, prahlend und befehlerisch, das Was, Wie und Wo mit der Peitsche knallend, ein launischer Meister, er wirft dir einen Fressnapf hin, du rennst. Der Meteorit schaute kurz zu Magdalena und ergänzte, und dein Begehren ist, was du dieser Sache beimisst und dann auf mich projizierst. Magdalena meinte das Ausmaß seiner unterdrückten Anhänglichkeit zu ermessen, sie empfand Mitleid und war augenblicklich erleichtert, ihr Gesicht entspannte sich, vermutlich lächelte sie, dankbar, dass er sie nicht von der Bühne stieß. Sie musste sich verachten. Da spürte sie Kakaos Hand. Sie war also nicht allein, vielleicht war es heute möglich, aufzustehen und die Wohnung zu verlassen, ohne Aufforderung, ohne Erlaubnis. Sie dachte an den Marlon Brando des Bellevue, den sie am Montag fragen wollte: Würdest du mich schützen, wenn nötig mit Gewalt?

Die Vorstellung war zu Ende. Niemand applaudierte. Ob ihre Entschlossenheit anhalten, ob sie den Absprung schaffen würde, konnte sie nicht sagen. Mit Kakaos Hilfe war es nicht mehr ausgeschlossen. Sie wartete eine halbe Stunde. Es sah gut aus. Sie stand auf. Die Aussicht zu gehen schien ihr zum ersten Mal verführerischer als die Warterei und Sex, der sie von einem Nichts in ein Ding transformierte, in den Clubtisch, worauf dieser Mann seine Füße legte. Ihr Atem ging kontrolliert, die Hand führte das Weinglas ruhig zum Mund, als gäbe es noch viele Abende. Sie sagte, ich habe nun eine Freundin, das war unser letztes Treffen.

Die dunklen Mandeln im Tierkopf glänzten. Der Meteorit war nicht mehr satt.

Magdalena sagte, ich gehe jetzt. Er sagte, nein. Es klang wie, bitte nicht. Eine Bitte hatte Magdalena noch nie von ihm gehört, sie setzte sich. Er atmete hörbar ein und sagte, du bleibst, zieh dich aus! Sie reagierte nicht. Zieh dich aus! Magdalena erhob sich und ging zur Tür, die Hand am Schloss, der Meteorit hielt sie an den Schultern zurück, sie wand sich, drehte den Schlüssel um, drückte auf die Türklinke, er schlug sie ins Gesicht, aus ihrer Zunge quoll etwas Blut, sie schluckte es. Die Zunge schwoll an, die Knie fühlten sich seltsam an, wie nach einer langen Bergwanderung, ihr war schlecht, musste sie erbrechen? Wie schön, sie konnte erbrechen, ohne Zeigefinger im Hals. Sie funktionierte. Was für eine unpassende Freude.

Hätte King Kong seine Screaming Lady je ermordet? Nein. Magdalena hatte nie geschrien beim Meteoriten, das war nicht drin, nur davon geträumt hatte sie, ihre Schreie waren immer nach innen gegangen, sie schrie auch jetzt nicht, keine Tränen, sie war erleichtert, während es in ihrem Gesicht zog und klopfte. Sie verließ das Haus und streckte sich während des Gehens.

Im Tram zum Central zuckte ihr Mund. Sie dachte an das Mäanderband, das die Flauschtücher im Bad des Meteoriten einfasste, ein Ornament seit Menschen Ornamente kannten, wenn auch nicht von Anfang an auf Tüchern, so doch in den Kratzmustern auf Stein und sprachlich. Am Central angekommen, stieg sie aus, der Absatz ihres Schuhs brach ab, wie in einem schlechten Film, dachte sie und ging auf die Safari-Bar zu mit den lachhaften Hockern in Zebraprint. Als sie die schmutzige Glastür öffnete, schlug ihr der Geruch von Lakritze und Kaffee entgegen, als würde Frühstück serviert vor Mitternacht. Rechts saßen zwei Frauen, der Barkeeper rumorte hinter dem Tresen. Magdalena setzte sich auf das rote Ledersofa in die Ecke, schloss die Augen und sah, wie die Hand des Meteoriten auf sie zuflog. Sie fasste in ihre Frisur, nahm die Zeitung, die auf dem Tisch lag, blätterte darin und tat, als läse sie einen Artikel. Stattdessen beobachtete sie unter ihren Haarsträhnen die Frauen, wie sie mit dem Barkeeper scherzten. Er zwinkerte nun in ihre Richtung. Idiot. Sie bestellte eine Flasche Champagner, die er nicht brachte. Er hatte sie nicht ernst genommen, und als sie auf der Bestellung bestand, sagte er, ja, dann, und lachte einen Dreiklang. Idiot. Sie stand auf und schlenderte zur Bar. Das ungleiche Schuhpaar hatte sie unter dem Tisch liegen lassen.

Die Frauen frotzelten. Magdalena fauchte zurück, länger als nötig, bis die Frauen sich abwandten. Der Barkeeper drückte ihr die Flasche in die eine Hand, das Glas in die andere, zuckte mit den Schultern und lächelte. Ihr eigenes Lächeln schmerzte bis über die Augen. Sie stellte Flasche und Glas ab und bot ihm Champagner an. Er steckte sich trotz des Rauchverbots eine Zigarette an, zog die rechte Augenbraue hoch und betrachtete sie. Dann blies er den Rauch in ihre Richtung, sie schaute an ihm vorbei, betrachtete sich im Spiegel hinter dem Tresen, eine Frau mit geschwollenem Gesicht, in Unordnung, blamiert hatte sie sich auch. Die beiden Frauen saßen hinter ihrem Rücken zu Gericht, zählten die Punkte, sie war durchgefallen, eine zweite Chance gab es nicht.

Sie krallte sich an der Bar fest und dachte an die Hand ihres Vaters. Die ganze Welt hatte auf die Hand ihres Vaters geschaut, die am Tresen die Kante ausmaß, indem er den Daumen und den kleinen Finger zu einem Lineal spreizte. Die Welt sagte: Das kann nur er. Sie hatte die Hand ihres Vaters geerbt, die kleinere Ausgabe mit den schlanken Fingern, sie spreizte sie und schaute dem Barista ins Gesicht, bis er wegschaute. Sie begann über ihren Vater zu reden und über das Sterben. Er fragte, um aus der Nummer rauszukommen, was denkst du beim Trinken, ich meine, wenn der Champagner in den Magen rinnt? Erzähl mir von dir! Das befahl dieses große, hässliche Instinkttier, das mit einem Philosophiestudium kokettierte, bestimmt jeder. Sein Name war Steve.

Wie und weshalb ihr unseliges Gespräch weitergegangen und abgestürzt war, sie konnte es nicht mehr sagen, als sie nach Mitternacht plötzlich auf der regennassen Straße stand. Einen Schuh hatte ihr *Steve the Asshole* noch nachgeworfen, bevor er die Tür schloss. Hatte sie ihn aufgefordert, sich auf sie zu legen, wenn er hier fertig war, oder gleich? Wahrscheinlich gleich. Sie wird ihn eindringlich darum gebeten haben. Sie wird ihn, als er sagte, hau ab, angefleht und geweint haben, die Bluse aufgeknöpft? Sie war bestimmt sehr laut geworden. Und Steve hatte Bahnhof verstanden, Whisky nach Whisky geleert, weil sie nicht aufhörte, ihn zu beleidigen und dabei immer geiler wurde. Er konnte nicht weg. Der Gast kommt und geht. Sie war der Gast, sie war der betrunkene Gast, der Gast in desolatem Zustand, der jede Menge Unsinn erzählte und den Champagner nicht bezahlen wollte, sie musste gehen. Er musste bleiben. Sie musste gehen, weil sie den Riemchenschuh aus schwarzem Lack und ohne Absatz gegen den Spiegel hinter der Bar geschleudert haben mochte oder in Richtung des hässlichen Instinkttiers, bevor es sie packte und in den Regen beförderte. Idiot. Auf der Gasse suchte sie den zweiten Schuh. Sie schrie: Hässlich ist geil! Dann schleppte sie sich ins Hinterzimmer der Konditorei und fiel in ihren Klamotten ins Bett.

3

Sonntags war Besuchstag. Magdalena fühlte sich elend, brach aber wie gewohnt vor acht Uhr in der Oberdorfstrasse auf, zwei Stunden später stand sie im Krankenhaus am Bett ihres Vaters. Sein schäbiges Zimmer lag ganz oben, im alten Trakt. Dort kam nichts aus Flauschtüchern, schon gar kein Leben, die wurden definitiv gekocht, dafür war das ganze Gebäude verseucht. Der Tumor in der Lunge sei so groß wie ein Tennisball, der Tumor im Kopf gleiche einer Faust, hatte der Assistenzarzt mit den dunklen Schatten unter den Augen gesagt, der nach Zigaretten roch und so langsam sprach, dass Magdalena überlegte, ob sie mit einem Hologramm abgespeist wurde, das technisch nicht in Ordnung war.

Was für eine Faust, hatte sie den Assistenzarzt leise gefragt, die Frage war natürlich, wessen Faust. Der Assistenzarzt hatte verdutzt geschaut, und sie hatte nicht auf eine genaue Beschreibung bestanden. Sie wollte nicht hören, sie solle nicht von der Faust eines Neugeborenen oder von ihrer eigenen Faust ausgehen. Wenn ein Arzt *Faust* sagte, meinte er die eigene Faust, die Faust eines Mannes. Oder musste Magdalena von der Faust ihres Vaters ausgehen? Seine Faust war groß. Groß gewesen, dachte sie, als sie seine kraftlose Hand sah, die auf der gelben Decke lag. Ihr Vater aber atmete noch.

Sie hätte ihm gerne einen Kaffee gebracht, wie früher, als sie Madlaina alias Professor Balthazar hieß. Er hatte mit geballter Faust vor dem Fernseher gesessen und ein Formel-1-Rennen verfolgt, die große Hand hatte sich um den Schalthebel gelegt, als säße er selbst in einem der Boliden. Die Hand wirkte mächtig, aber harmlos, zu rund zum Zuschlagen, sie vibrierte, wenn der Vater auf eine schnellere Runde hoffte, sie öffnete sich und griff nach der Tasse, wenn der Kaffee da war. Im Alltag verbarg ihr Vater die Hand wie Handwerker und Bauern ihre Hände verbergen, wenn diese nichts Brauchbares zu tun haben in der Schreinerei, Metzgerei oder im Stall, als schämten sie sich. Auch die Hände der Rentner am Portemonnaie wirkten so vor der Theater- oder Kinokasse, kaum hatten sie ihr Interesse an der Vorstellung aufgeben müssen, weil der Rabatt nicht gewährt wurde und der billigste Platz knapp 20 Franken kostete. Magdalena betrachtete die Hand ihres Vaters und sah, wie er, die Kante ausmessend, den Daumen und den kleinen Finger am Tresen der Safari-Bar abspreizte, während sie gerade mit ihrem peinlichen Auftritt beschäftigt war. Ihr wurde übel. Und sie schämte sich nun für ihre Hand, die sie vor den Mund hielt, ganz so wie es die Hand ihres Vaters zuweilen getan hatte, eine Geste der Verlegenheit. Weil aber ihre Hand kleiner und jünger war, sah es wohl nicht so enttäuscht aus.

Magdalena hatte, wie immer, Blumen mitgebracht. Sie stellte sie in die Vase aus Pressglas, die dem Krankenhaus gehörte. Drei prächtige lilafarbene Chrysanthemen. Der Vater konnte das Bouquet nicht sehen, sonst hätte er ihr vorgeworfen, es sei zu schön für ihn. Das hatte er früher getan, er empfand die arrangierten Dinge, ohne die Magdalena schon in der Kindheit nicht hatte leben können, als Provokation, oder aber sie machten ihn traurig. Zur Aufheiterung reichte sie ihm heute *Truffes* aus der Konditorei Märky, die ihr Vater in sich schüttete und schluckte, ohne zu kauen.

Sie hatte Angst, er würde nicht an Lungenkrebs, sondern an der Schokolade ersticken. Feinste Erstick-Qualität aus besten Rohstoffen, für Sie ausgesucht, täglich frisch, ein leicht gekühltes Stocken, innen weich, außen hart, klebrige Panik, eine süße Zunge, die da anschwoll. Das hätte dem Vater früher als Vorstellung gefallen, er mochte das Drastische und Respektlose, er lachte laut darüber, sie hörte das Lachen aus der Vergangenheit, dieses zu laute, dieses verzweifelte Lachen, das alle mitriss, die nichts vom Lachen verstanden.

Magdalena sagte, alles wird gut. Sie massierte seine Hände mit Vaseline. Nach einer Dreiviertelstunde verließ sie den Raum und blieb draußen mit dem Rücken zur Tür stehen. Sie rutschte hin und her, sie wollte wimmern, sie wimmerte nicht, rutschen reichte. Sie schlug die Stirn gegen die Wand, sie wusste, das war etwas theatralisch, aber der Schmerz an der Stirn tat gut, für wenige Minuten lag der Fokus auf diesem Schmerz. Sie atmete bewusst ein und aus, dann irrte sie auf den Gängen umher, fuhr Lift, saß im Spitalcafé mit dem grellgelben Kunststoffboden und der abgelöschten Kassiererin. Magdalena aß eine Pannacotta, dann eine zweite, erbrach sich auf der blitzblanken Toilette und ging wieder zu ihrem Vater, sie sprach mit ihm, massierte nochmals die schlaffen Hände, wünschte alles Gute, gute Besserung, sie fragte sich, wovon er sich erholen sollte, von diesem unwürdigen Ort hätte er sich erholen müssen, frohes Sterben in diesem von allen vergessenen Loch hätte sie wünschen müssen, einen ruhigen Tod, Frieden. Endlich. Sie rief die Krankenschwester, die Bettpfanne des Nachbarn stand noch immer da. Die Windelsache hatte sie selbst erledigt. Das Schmerzmittel wirkte nicht, ihr Vater stöhnte. Sie erkundigte sich, ob eine Stunde Physiotherapie wirklich unmöglich sei, eine einzige Stunde in der Woche, und weshalb der Pfarrer ihren Vater nicht besuche, weshalb der Arzt nie Zeit habe, seitdem allen klargeworden war, dass es keine Rettung gab. Sie bekam Antworten, die keine waren, und nahm, wie immer, den Zwölf-Uhr-Zug nach Zürich.

Mutter traf sie nie. Ob Mutter noch lebte? Vater rief Magdalena vor drei Monaten an und benachrichtigte sie über seinen epileptischen Anfall. Er sehe die Welt jetzt anders, er betonte das mehrmals, als habe er eine Nahtoderfahrung gemacht. Er müsse ins Spital, es stehe nicht gut. Dann schwiegen sie lange, bis Magdalena auflegte. Nun war ihr Vater stumm, er konnte nichts mehr wünschen, er konnte auch nicht sagen, es stehe nicht gut um ihn. Und er war blind. Magdalena hatte unter der Tür trotzdem die Hand gehoben und gewinkt. Würde es schnell gehen, wenn sich der faustgroße Tumor im Kopf des Vaters öffnete, wie ihre Hand unter der Tür, die sie an eine Blüte denken ließ, die zum Abschied für ihn nach weißer Schokolade duften sollte. Würde er ohne Schmerzen gehen können? Bei dieser miesen Betreuung? Würde es dem Vater trotzdem vergönnt sein, sanft in den Tod zu blühen, oder musste er ersticken, als sammle sich der Rauch der Zehntausenden Zigaretten, die er geraucht hatte, auf einen Schlag in ihm? Er würde nichts mehr dazu sagen können, vielleicht röcheln. Könnte er doch wenigstens fluchen! Er war ein großer Flucher gewesen, ein Trinker, ein Raucher, einer, der einmal einen Stock für Madlaina geschnitzt und ihr eine Geschichte erzählt hatte. Sie handelte von den Guten, Flüchtenden, die sich in einer Höhle versteckt hatten. Davor spannte eine Spinne ihr Netz. Als die Verfolger das Netz sahen, suchten sie nicht in der Höhle, da konnte niemand sein, das Netz war unversehrt. Die Guten blieben heil.

Die leuchtenden Astern waren das Letzte, was Magdalena sah, als sie die Tür schloss.

Der Zug glitt den See entlang. Magdalena dachte an ihre Brüste. Die linke Brust war größer als ein Tennisball und nie gleich gut aufgelegt wie die rechte, die unternehmungslustige, die sich gernhatte und die seit Vaters Diagnose schmerzte. War die rechte Brust etwa so groß wie eine Faust? Entsprach sie dem Tumor im Gehirn des Vaters? Madame Pompadour soll gesagt haben, die ideale Brust passe in einen Champagnerkelch. Hatte die eigentlich nichts Besseres zu tun?

Als der Chirurg vor einigen Wochen zum ersten und letzten Mal ihren Vater besucht hatte, trat er mit dem Assistenzarzt ein und grüßte den Vater nur flüchtig, ohne ihm die Hand zu reichen, während Magdalena erhöht auf dem zweiten, ungebrauchten Bett saß. Der Assistenzarzt musste stehen, der Chirurg setzte sich auf einen Schemel und begann zu sprechen, dann erblickte er Magdalena. Er machte eine Pause und reichte ihr die Hand. Sie ergriff die Patschhand, die zu seiner Halbglatze passte, obwohl die ja nicht gepolstert war, dafür glänzte sie. Die Hand war aufgedunsen und unglaublich nackt. Der Chirurg starrte auf Magdalenas Reiterstiefel mit dem hohen Schaft. Man sah, wie es um seine Beherrschung bestellt war.

Er verlangte vom Assistenzarzt barsch die Unterlagen und sagte, ihr Vater könne nicht operiert werden, zu weit fortgeschritten, das Ganze. Dass der

Chirurg das als Majestätsbeleidigung auffasste, war hörbar, eine persönliche Niederlage, die er schlecht ertrug. Das Operieren war sein Leben, das war bekannt und auch, dass die Patienten ihn dabei störten, aber sie waren ein notwendiges Übel. Der Chirurg sprach weiter, obwohl alles gesagt war. Er starrte auf Magdalenas Brüste, die ihm bestimmt wie zwei Tumore aus ihrem Pullover entgegenstachen, aber es waren nur Fetthaufen. Da könne man leider nichts machen, zu weit fortgeschritten, wiederholte er. Vielleicht dachte er beim Anblick ihrer bedeckten Brüste, da könnte man etwas machen, zu wenig weit fortgeschritten, aber er wusste natürlich, dass er, falls er diese Brüste jemals unbedeckt sehen würde, nichts zu melden hatte.

Magdalena schaute zum Vater, ihr Magen war unruhig, die Augen trocken, leere Brunnen, die sich mit Sand füllten, die Arme waren mit Sand gefüllte Schläuche. Was würden die beiden Ärzte tun, wenn sie sich wegen der Diagnose nicht mehr bewegte, katatonisch verharrte, bis sie vornüberfallen würde, tot, noch vor ihrem Vater. Die Ärzte in heller Aufregung, vor allem der vorzeitig erregte Chirurg, der, auf baldige Erlösung hoffend, größte Erwartung in sie gesetzt hatte.

Nun ließ sich ihr Blick auf den Assistenzarzt nieder, der am Fenster stand. Er lehnte an der Heizung im Gegenlicht, sie sah sein verlangsamtes und ausbleichendes Hologramm und wandte sich ihm zu, denn sie wünschte ihm einen Tumor in die Hose, damit sein magerer, erschöpfter Körper sich an einer Erektion aufrichten konnte. Die reglose Tochter und der ausgelaugte Unterhund würden sich in ihren ausgebeulten Kleidern ansehen. Ihre Beulen wären am richtigen Ort und bedeuteten Leben. Sie schaute zum Chirurgen, um sicherzugehen, dass er ihre Zuwendung zum Assistenzarzt registriert hatte. Der war verstummt und tat, als würde er nachdenken. Seine Geilheit lag staubig in der Luft. Jetzt wäre der Moment gewesen, um ihn zu bedienen, indem sie den Raum mit seinem Untergebenen verlassen hätte, das Hotel in der Altstadt ansteuernd. Dort konnte Magdalena so laut schreien, wie sie wollte. Dem Assistenzarzt hätte sie das auch erlaubt und nichts für ihre Dienste verlangt. Zwar war er alles andere als ein King Kong, weder Gorilla noch Pavian, eher ein Seidenäffchen. Sie mochte ihn.

Sie war kein Seidenäffchen. Sie war die Frau, die schreien wollte wie eine dieser Screaming Ladies, die sie als Kind am Bildschirm in der Hand von

King Kong gesehen hatte. Sie fand nicht nur das Schreien attraktiv, sondern auch die Situation: eine elegante Frau in der behaarten Hand eines übermächtigen Affen. Das Fernsehgerät rahmte damals noch den Bildschirm, wie ein konvexes Bullauge, Teil einer Wunschkugel, die sich nach vorne drückt, ins Jetzt, in die Realität. Die Screaming Lady, die dem Zuschauer laut und lauter entgegenwuchs, sah in ihrer gespielten Verzweiflung wunderschön aus, ihre Erotik wogte ins Wohnzimmer mit ihrem Haar und den aufgerissenen Augen. In Anspannung und Kraft. Konnten die besten Schauspielerinnen während des Drehs zu einem Horrorfilm ihre eigenen Erinnerungen abrufen? Künstlerinnen lebten davon. Magdalena war keine Künstlerin, sie hatte beschlossen, nicht in Not zu sein. Sie verlangte ein Wunder.

Madlaina hatte Schreie aus dem Fernseher gehört, und es schien ihr, als verwandelten sie sich in die Arie der Königin der Nacht. Die hatte wohl so lange geschrien, bis ihr Kontrolle geschenkt wurde über Körper und Stimme. Und Tosca sang um ihr Leben und das Leben ihres Geliebten. Unverständlich für Madlaina, weshalb sie nicht beim Alten blieb, der sie begehrte, der jeden Mord begehen würde, sie zu unterwerfen oder willig zu machen, sie vom Schreien abzuhalten oder sie zum Schreien zu bringen bei seiner Kondition. Aber Tosca verstand nichts von derlei Schönheit. Sie wollte einen gleichaltrigen, freundlichen Helden.

Ihr Vater hatte dem Chirurgen bestimmt schon längst nicht mehr zugehört, Magdalena sah ihm die Schmerzen an und dass er sich beherrschte, weil er von Kindesbeinen an gewohnt war, Achtungsstellung vor einem Arzt einzunehmen. Was für ein Theater muss das gewesen sein in seinem Elternhaus, wenn der Arzt kam: frisches Handtuch, gestärkt, die Schale mit heißem Wasser, eine frisch ausgepackte Seife. Die Familie in Reih und Glied. Nun saß der Vater kerzengerade im Bett und verzog den Mund. Er konnte nichts sagen. Er war stumm, er war blind, er hatte Schmerzen. Seine Hand war groß. Er würde bald sterben. Der Chirurg hatte sich mühsam erhoben, weil Magdalena alle Kraft aus ihm gesogen hatte. Wäre keiner da gewesen, sie hätte ihm verboten zu onanieren bis zu ihrem nächsten Besuch. Das wäre die Garantie, dass er ihren Vater täglich besucht hätte und die Versorgung augenblicklich auf ein anständiges Niveau gestiegen wäre.

Während der Zugfahrt setzte sich der Krebs an den

Familientisch. Sie waren zu viert. Magdalena wusste, es war Weihnachten, im Tagtraum deutete nichts darauf hin. Ihr Bruder lebte noch. Sie schätzte ihn auf zehn, zwölf Jahre. Die Mutter sprach auf ihn ein, bestimmt fragte sie, was er wolle, sie war ihm zugewandt und bereit, jederzeit aufzustehen, um herbeizuholen, was er begehrte, und auch, was er nicht begehrte, wovon sie aber das Gefühl hatte, er müsse damit versorgt sein. Eine gute Mutter wusste immer, was ihr Sohn braucht, bevor er es sagen konnte. Das Gesicht des Sohnes war eine leere Scheibe, wie von Gideon Rubin gemalt, er hatte keine Wünsche, saß da wie ein Sack. Auf dem Tisch ein schwarzer Krebs, er war tellergroß und bewegte sich langsam. Er wollte gestreichelt werden, er war ein liebesbedürftiger Krebs. Mutter und Sohn ignorierten ihn, Vater hielt ihm die rechte Hand hin, aber bevor der Krebs auf die Hand des Vaters kriechen konnte, griff Magdalena nach ihm, nahm ihn auf den Arm und streichelte ihn wie ein Haustier, wie ein flauschiges Kaninchen, einen Goldhamster oder eine kleine Katze. Sie liebkoste den Krebs, der glücklich auf ihrem Arm dämmerte. Der Rest der Familie war verschwunden. Nur Magdalena saß noch da mit ihrem Krebs. Sie wusste, er war jetzt ihr Begleiter. Sie streichelte seinen Panzer. Es war, als küsste sie ihren Oberarm.

4

Klärli hieß eigentlich Klara, sie war einst eine Frau mit Träumen und allem Drum und Dran. Seit Jahrzehnten nannte sie niemand mehr Klara, kein Mensch behandelte sie wie eine Klara, deshalb beschloss sie irgendwann, sich dem Schicksal zu fügen und mit dem Klärli zu verschmelzen. Total. Dieses Klärli war nun auf der Flucht, Froschkopf voraus, sie hatte ihn unterwegs bekommen, diesen Kopf, dieses Gesicht, das hatte irgendwann angefangen, zwischen vierzig und fünfzig, sie trug ihn nun an die fünf Jahre, eine einzige Verrutschung, unmöglich zu verbergen, sie empfand seinen Anblick als unschicklich, sogar beleidigend, aber was konnte sie dagegen tun? Nichts. So trug sie ihren Froschkopf wie andere Frauen ihre jungen, schönen oder in vielgepriesener Würde gealterten Köpfe – und Männer ihre Charakterköpfe.

Das brüchige Haar zog sich an Stirn und Schläfen zurück, was die imposanten Poren betonte. Die seien üppig mit dunkler Materie gefüllt, sagte Klärli, sie dürfe darauf hoffen, nächstens ins Universum gesogen zu werden. Das gerötete Gesicht lastete sie dem Licht im Bad an, einer dieser Sparlampen, wie sie im Haus, das Klärli »die gottverdammte Kaserne« nannte, Vorschrift waren. Aber die Wangenhaut, die unter das Kinn gefallen war und dort hing und nicht wusste, wie weiter, die kam nicht vom Licht im Bad. Ihre Augen hatte Klärli schon lange nicht mehr gesehen, sie schaute sich nicht gerne in die Augen, sie schaute auch anderen nicht gerne in die Augen, sie schaute allen auf die Nase, sie hatte sich immer gefragt, ob es anderen Menschen nicht peinlich war, dieser ungeschützte Blickkontakt, mitten hinein, dort, wo der Mensch eine Seele oder lautere Absichten vermutete, vielleicht auch das Gegenteil davon. Sie hatte den Blick in die Augen stets als Aufforderung verstanden, das Sprechen sofort einzustellen und stattdessen etwas verheerend Unanständiges zu tun.

Der Froschkopf hatte das Haus zuerst verlassen, gefolgt von Klärlis *Marron-sur-des-Allumettes-Figur,* die das Saufen mit sich brachte, ein wogender Bauch und zwei Zahnstocher, die irgendwo aus diesem Bauch wuchsen, mit ihnen stocherte sie werktags auf der Straße umher. Bis zum Coop und zurück. Mit ein paar Verschnaufern und Umwegen, manchmal saß sie auf der Bank bei der Post und schaute in die nächste Woche, nur in die nächste Woche, nicht ins nächste Jahr. So alt wie sie waren Frauen vor fünfzig, sechzig Jahren. Die gingen ab vierzig nur noch in Schwarz. Weiße Haare. Das Leben: fertig. Frauen in ihrem Alter waren heute viel jünger. Auf der Bank sitzend, dachte sie über ihren Menüplan nach und beschloss, ihn ihrem Alter anzupassen. Käseschnitte Hawaii zum Beispiel. Mit Ananas aus der Dose. Ananas aus der Dose, das war nicht wie frische Ananas, es war tausend Mal besser. Und Curry, richtigen Curry, wie früher. Nicht diesen Direktimport aus den Ländern, wo man Curry zum Frühstück aß. Schweizer Curry war richtiger Curry. Der für *Riz Casimir*.

Heute trieb sie ihre Steckenbeinchen an, ticktack, bahnhofwärts, eine Flucht braucht ein Ziel. Es durften auch Fluchten sein. Wie Häuserfluchten, die nennen sich ja nur so, obwohl sie nicht fliehen, aber sie bieten eine Perspektive. Die geht nach vorne und sogar zum Himmel. Himmel, Haarspray, Harakiri, Heinrich, Hose, Horde, Husten. H-Wörter sind hässlich. Klärli schaute zum Himmel. Der Mensch schaut gerne nach oben, obwohl da nur ein paar Wolken hängen. Wenn er nach unten schaut, sieht er knapp das Ende der krummen Beine und das Leder der Schuhspitzen, die etwas Fett und Farbe vertragen könnten. Fett und Farbe. F-Wörter sind schön. Fuhrwerken. Faseln. Ficken.

Sie war geflüchtet. Es war wieder Sonntag. Wie vor zwei Wochen. Da hatte sie das Ganze getestet. Heute hieß es Ernstfall. Sie würde nicht, wie geplant, an zwei Sonntagen im Monat abhauen und vor sich selbst als verschollen gelten, indem sie das Strandgut geben würde, das treibt, sich treiben lässt. Für die Tochter einmal nicht verfügbar sein, hatte sie gewünscht, obwohl die Tochter vielleicht gar nicht gemerkt hatte, dass Mutter verreist war. Ab durch die Mitte, zum Eisenbahnknotenpunkt Olten, in die Peripherie, zum Hauptbahnhof Zürich, weg aus dieser gloriosen Mitte, die zugänglich war für die großen Sänger und Hochspringer und für alle, die abgewetzte Speck- oder coole Lederjacken trugen, für Idioten und Grazien, nach Olten kamen sie alle, und alle gingen wieder weg, zum Glück auch die Idioten, dachte Klärli, weil es nur um ein Meeting ging, ein Gig stand an, eine Lesung, ein Stück, das Treffen von Leuten, die sich über Twitter kannten, ein Stunt, um zu schauen:

Überleben wir im Mittelland? Was bleibt? Ihr leises Lachen über Olten, das dem abgestandenen Sonnenblumenöl aus der Fritteuse der siebziger Jahre glich, es war ein Lachen über sich selbst, sie war der Inbegriff des Mittelmaßes im Mittelland, es wäre ihre Pflicht gewesen, eine Ode an das Bahnhofbuffet zu verfassen, weil sie unfassbar froh war wegzufahren. Oden schrieb man hinterher, wenn es überstanden war, oder gab es auch Vorausoden?

Klärli hatte ihr großes dickes Kind zu Hause gelassen. Ihr Kind roch heute besonders unangenehm. Es war schwierig zuzugeben, dass die Tochter stank. Sie selbst stank auch, sie stanken beide, seit fünf Uhr hatten sie nebeneinander gelegen, die Tochter grunzte und kicherte, sie erzählte immer und immer wieder die Geschichte vom fischenden Mann und der Flasche, dann erzählte sie es in ihrer Sprache nach. Klärli hatte die Geschichtenerzählerin zu Hause gelassen, alleine, vor dem Fernseher. Chips hatte sie aufgestellt, Cola, zwei Stück Käse, Messer versteckt, Fenster gesichert, die Haustür zweimal abgeschlossen. Wie vor zwei Wochen, am letzten Klärli-Sonntag, als sie hellen Puder aufgelegt und den alten, aber teuren Lippenstift in die Tasche gesteckt hatte. Seit Jahren nicht mehr gebraucht, wahrscheinlich bröckelte er, ohne auf den

Lippen zu haften. Klärli hatte gehört, die Industrie benutze Walfett für die Herstellung von Lippenstiften, dann war es nichts als richtig, ihn nicht mehr zu verwenden. Bei der Waljagd floss Blut ohne Ende, Klärli ekelte sich vor Blut, aber wegwerfen half auch nichts, ein Lippenstift in der Handtasche, das war ein Zeichen, dass sie noch nicht alles aufgegeben hatte. Sie könnte ihn vielleicht einmal ersetzen, aber nur, wenn sie sichergestellt hatte, dass im neuen kein Walfett drin ist.

Es sei denn, es wäre Fett der Killerwale, die andere Wale verfolgten und töteten. Sie hatte eine DVD, die zeigte, wie eine Gruppe Orkas, regelrechte Killerwale, eine Grauwalmutter mit Kalb verfolgen, die Mutter kämpft, sie flieht mit dem Kalb, versucht, es zu schützen, die Killerwale jagen Mutter und Kind Kilometer um Kilometer, treiben sie in die Erschöpfung, stundenlang, bis sie das Kalb erwischen, um dann nur seine Zunge zu fressen. Den Rest lassen sie unangetastet auf den Meeresgrund sinken.

Klärli ging bis zur Kreuzung, dann kehrte sie um. Als sie ihre Wohnung betrat, lief noch immer dieser Film mit Ingrid Bergman. Die mochte sie. Sie schaute eine Weile der Diva zu, dann ging sie ins Schlafzimmer und nahm das Federkissen vom Bett.

Ihr Kind war eingeschlafen. Klärli sagte, wieder vor der Flimmerkiste weggedämmert, mein Schatz, und drückte das Kissen mit aller Kraft auf das Gesicht der Tochter, bis sie sich nicht mehr bewegte. Klärli ließ das Kissen auf ihrem Gesicht liegen, damit sie es nicht küssen konnte, ein Kuss, und sie hätte die Polizei gerufen oder sich aufgehängt. Stattdessen sagte sie, es geschah an einem regnerischen Herbsttag, und eilte zum Bahnhof.

Hätte sie je mit ihrem Kind flüchten wollen, in einer Diktatur, wären sie beide verfolgt worden, und hätte sie zuvor gewusst, die Verfolger wollten sich nur an der Tochter vergreifen? Und das war naheliegend, weil in Systemen, die das Reine wünschten, die Schwächsten fallen und die Stärksten. Die Tochter war schwach, aber nicht wie ein Schwächling, dem man unterstellte, er habe eine Wahl, die Tochter hatte nie eine Wahl. Klärli war weder schwach noch stark, sie war niemand. Klar, Diktaturen erfassen manchmal zum Spaß auch einen Niemand und seine Familie und Freunde, vielleicht einen Nachbarn, um das Ganze mit einer Aura der Überraschung anzureichern, um den anderen Niemanden, aus denen die Maße besteht, Angst einzujagen. Weil aber jeder Niemand vom anderen Niemand denkt, der sei niemand und nicht er oder sie, geht es lange, bis die Maße reagiert. Für Diktaturen eine glückliche Fügung.

Was hätte sie auf sich genommen für ihr Kind, wenn sie verfolgt worden wären? Wie viele Stunden hätten sie durchgehalten? Und auf welche Weise? Schlimm wäre das für sie gewesen, hätten die Schergen einzig die Zunge ihrer Tochter entfernt und sie leben lassen, sie waren schließlich keine Killerwale, und ihr Kind konnte in Olten auch nicht auf den Grund des Meeres sinken. Die Leute des Diktators würden nur ihre Zunge entfernen, und das wäre logisch nicht einmal verkehrt, Schergen machen ja keine logischen Fehler, sie haben Vorgaben, die sie ausführen, die Zunge entfernen, das wäre ein Schock für alle Zuschauer, und da das Kind dann ohne Zunge, aber in Begleitung, wie zuvor, herumspazierte, könnte der Schock im schlimmsten oder besten Fall jahrelang andauern. Aber natürlich wäre diese Maßnahme auch eine Erleichterung. Da die Tochter zu keinem vernünftigen Gedanken taugte und ihre Sprache dementsprechend unterentwickelt war, würde ihr nichts fehlen, denn es kann uns ja nur fehlen, was wir kennen oder wenn wir in der Lage sind, uns mithilfe von Parallelen und Ähnlichkeiten vorzustellen, was uns beglücken könnte. So hätten alle argumentiert, die ihre eigene Zunge behalten und die Zungen ihrer Kinder nicht opfern wollten. Für die, die eh nicht sprechen konnten oder keinen Verstand hatten, war es doch egal, nicht wahr?

Die Geschichte vom Mann und der Flasche hätte Klärli ihrer Tochter weiterhin erzählen können, sie hätte sie variiert, ausgeschmückt, die Geschichte hätte sie einmal lustig, einmal traurig, einmal gedehnt, hastig oder mit einem Sprachfehler erzählt. Alles war besser als des Kindes zwei Sätze dazu, die es immer wiederholte. Warum nur hatte Klärli dem Feigling, der sie verlassen hatte, versprochen, sich um ihre gemeinsame Tochter zu kümmern? Für immer? Warum konnte sie sich nicht von diesem Versprechen lösen? Warum musste nun sie allein die schrecklichen Gedanken und die Last aushalten und war doch von ihrer Tochter und deren Vater zum Unsagbaren und Unverzeihlichen getrieben worden?

Es war nicht nur ihre Schuld, dass es so weit gekommen war.

Der Zug fuhr pünktlich. Hätte Klärli die Kraft gehabt, sie hätte sich gefreut. Du musst dein Gesicht entspannen, dann fühlst du dich gleich besser. Aber du schaffst es einfach nicht. Du bist zu müde. Klärli dachte an die chronisch kranke Nachbarin, der das Grüßen vor lauter Schmerzen und Schwäche schwerfiel. Eine Autoimmunkrankheit. Sie hatte mit ihr darüber gesprochen. Die Nachbarin sah immer grimmig aus. Wenn der eigene Körper dich angreift, lachst du nicht mehr. Bestimmt war sie letztlich selbst schuld. Zu viel Unaufgelöstes. Verdrängtes. Das ist ungesund. Krankheit als Chance. So sprachen die Dümmsten.

Klärli hatte gehört, wie die Kassiererin im Supermarkt die Nachbarin anging, sie hielt sie für eine arrogante Zicke, die nie ein Wort des Dankes sagte, obwohl die Kassiererin ihr regelmäßig half, ihre paar Sachen in einen kleinen Plastiksack zu stecken. Die Nachbarin hatte nicht die Kraft, darauf etwas zu entgegnen. Der Kauf der Äpfel und des Brotes hatte bereits die Energie für den ganzen Tag verbraucht. Sie hatte nicht die Kraft zu protestieren, schon gar nicht zu weinen, was sie vielleicht gerne getan hätte. Täuschte Klärli sich? All die Tränen für das nächste Jahr waren bereits vergossen oder sammelten sich für bessere Zeiten, auf die die Nachbarin hoffte. Auch Klärlis Tränen waren bereits weg, tschüss! Geheule wäre ihr heute schrecklich auf den Wecker gegangen.

Klärli schaute in die nächste Woche, sie schaute ins Leere, dann schaute sie hoch, zu den Wolken.

5

Das Restaurant und Buffet erster Klasse, das Magdalena nach Spitalbesuch und Zugfahrt jeweils besuchte, hieß *Da Capo:* noch einmal von Anfang an, hier, im Hauptbahnhof Zürich, Ort der Anfänge, der guten und der schlechten, allen wohnte Zauber inne. Schlechten Anfängen spricht man ihn später ab. Wie auch immer, Magdalena war bereit für den Braten, den sie verdient hatte. Sie nickte dem Kellner zu und schaute aus dem Fenster, herausgeputzt wie für den Kirchgang, frisch gewaschenes Haar, erdbeerroter Pullover, teure Stiefel, dargeboten auf dem Altar am Eingang der Bahnhofstraße. Der Meteorit wusste, dass sie sonntags hier aß, aber er war nie wieder ins Da Capo gekommen nach ihrem Zufallstreffen, das ihnen beiden Ereignis und Schicksal war.

Lieber spazierte er in der Stadt umher. Er las Zeitung, trank Weißwein, zog weiter, ein Flaneur, dem Hut und Stock fehlten sowie ein sperriger Hund.

Als Großschriftsteller sprach er für sein nächstes Buch mit gewöhnlichen Menschen, denen er – aus Gründen der Fairness – immer offenbarte, wer er sei. Für sein übernächstes Buch betrachtete er Dinge, und er genoss es, bei seinen gewichtigen Beobachtungen betrachtet zu werden. Zum Schluss schrieb er alles, was hängenblieb, in sein Heft. Wie ein Mann mit Hosenträgern den Zahnstocher hielt. Wie Frauen an der verrutschten Unterhose zogen. Wie einer reagierte, als die Taube ihm auf den Schuh schiss. Wie die Limmat floss. Wie die Sonne schien. Wie der Schwan schwamm. Wie er selbst hustete und schrieb und überlegte und beobachtete und betrachtete. Wie er in den Werken seiner Ikonen las. Wie anstrengend sein Leben war, wie einsam und wie ungerecht.

Magdalena dachte an den Dienstagabend vor einem Jahr. Auf die Bitte des Kellners hin waren der Meteorit und sie am Tisch, an dem sie jetzt saß, zusammengerückt. Sie folgten Zufall und Laune und bestellten das Gleiche, Tartar, scharf. Sie tranken eine Flasche Merlot, sprachen über Schriftsteller – und die Welt. Nach der Pannacotta lotste der Meteorit Magdalena auf die Herren-Toilette einer Bar, zu der Gäste mit gültiger Bahnkarte Zutritt hatten. Und da er mit dem Zug von einer Lesung in Luzern gekommen war, durften sie eintreten.

Er schloss die Tür der Bar-Toilette ab und zog das schwarze Hemd aus, das er bei jeder Lesung trug. Sie hielt es, kniend, während andere Männer an der Klinke rüttelten, einer schlug an die Tür. Was soll das?, rief er. Magdalena schwitzte, sie sagte zum Schriftsteller, ich kann das nicht, er hielt ihr die Hand auf den Mund, erwischte ein Stück Nase, ihm war egal, was sie konnte, und dass da einer an die Tür trat und ein Nächster – und vieles mehr, besonders sie. Seine angeschwollene Rücksichtslosigkeit füllte den Raum, atmete ihr Leben ein, und je mehr sie verschwand, desto sichtbarer und größer wurde er, er fühlte sich prächtig, er glänzte, und sie kannte sich aus, roch die alten Winkel, sie war zu Hause auf diesem harten Boden und im Schmerz, der sie zusammenhielt. Die Angst band ihre Arme an den Körper. Sie ergab sich, nur so konnte Ruhe einkehren, vielleicht würde sie hier sterben, noch war sie nicht tot, ihr Herz klopfte, in Erwartung der Befehle, sie würde es gut machen, sie hatte es versprochen. Sie würde es gut machen. Der Kiefer schmerzte, ihr Speichel tropfte auf den Boden, die Schminke lief in ihre Augen. Der Meteorit schien sich zu langweilen, sein Körper nicht, der hatte die

Spannkraft eines jungen, beweglichen, auch vergnügten Mannes, der Magdalena in den Rhythmus der Unsichtbaren zwang, die an die Tür schlugen. Sein Takt glich sich dem Takt der Barbesucher an, der den Regeln der Männerwelt folgte, und Magdalena unterwarf sich, bis der Meteorit genug hatte und sie an den Haaren hochzog. Sie gab ihm das Hemd. Es war zerknittert. Er regte sich auf, pass doch auf!

In der Bahnhofshalle, unter dem blauen Würfel des offiziellen Treffpunkts, schenkte er ihr zwei seiner Hefte, die er in Mailand bei Höppli kaufe, und seinen neuen Roman. Jetzt hast du zu lesen und zu schreiben. Ich melde mich. Dann ging er in Richtung des Museums. Er hatte zu tun. Sie war dankbar. Weil es endlich geknallt hatte. Sie hatte sich heftig verliebt. Deshalb konnte sie nicht mehr durchschlafen, sie erbrach sich jeden Tag über ein Dutzend Male, bis nur noch Schleim kam, manchmal mit Blut.

Ihr Freund Gerri sagte, du gefährdest deine Arbeit und dein Leben, Magdalena. Du musst diesen Mann verlassen. Ich bin keine Anstandsdame, ich sage es dir nicht aus moralischen Gründen, ich sage es, weil ich dich liebe. Magdalena wusste, Gerri hatte recht, seine Einschätzung war immer richtig, wie gut er doch zu ihr war!, ihr Beschützer. Aber sie konnte weder darüber reden noch anders handeln, alles drängte zum Meteoriten hin, zu seinen Behandlungen, die ihre Droge waren, von der sie stets viel zu wenig bekam. Spannung, Warten und Bangen nährten ihr Begehren. Zuweilen rebellierte der Kopf. Kaum kam der Meteorit auf sie zu, bewunderte sie seinen Gang und dann die Stimme, sie lobte seinen Geruch. Ich rieche nach einem Aktions-Waschmittel aus der Migros, Mademoiselle, sagte er und lachte sie aus. Was natürlich ohne Konsequenzen blieb. Sie konnte seinem Blick nicht widerstehen, ließ ihn jederzeit ein, fiel vor ihm auf die Knie.

War der Meteorit nicht bei ihr, fühlte sie sich wie zerrissenes Papier, in alle Richtungen verstreut, gleichzeitig formierte sich ihr Körper neu, ein Bein wuchs aus dem Kopf, die Augen klebten ohne Abstand nebeneinander, geprellte Rippen in der falschen Reihenfolge, verlorene Hände, die Lunge weitete sich neben dem Herzen, das in einer Ecke gelandet war, der Rest war irgendwo, angepappt oder im freien Fall, taub und gleichzeitig lebendig, trotzdem nicht zugänglich. Nur seine Behandlungen verbanden ihre Teile und Kräfte, die auf Entspannung hofften, vielleicht auf Glück. Magdalena wollte dem Meteoriten als Nichtakteurin imponieren, in Bedrängnis und Enge frei werden, gebannt und verfügbar, mit dem Blick des Rehs, das gleich abgeknallt wird. Ihr Körper verströmte Zeit. Alle Ventile gingen zu, sie verdichtete sich, war nützlich und gut. Sie durfte mit der Umgebung verschmelzen und alles sein, Vase, Flauschtuch, Clubtisch. Schamlos. Ohne Schuld.

Dachte der Meteorit heute an sie? Saß er in einer Bar zwei Straßen weiter? Magdalena vertrieb den Gedanken wie eine Wespe, die ins Fleisch sticht, immer wieder säbelt sie winzige kreisrunde Stücke aus, es ist ihre Natur. Natürlich dachte er nicht an sie. Es war aus. Sie hatte eine Freundin. Kakaos Gesicht erschien, und Magdalena fragte leise, warum hast du das getan, Kakao? Ich habe dir damals den Typen ausgespannt, ja. Damit du mich wieder anschaust. Der hat mich überhaupt nicht interessiert, ich wusste doch nicht, wie sehr du an dem Aufschneider hingst. Deswegen hast du dich in den Schnee gelegt? Aus Kummer? Oder um mich zu strafen? Warum hast du das getan?

Warum?

Magdalena blickte im Lokal umher. Was hätte Kakao heute an, wenn sie noch leben würde? Bestimmt einen klassischen Trenchcoat in Beige, wie ihn ihre sanfte Mutter besessen hatte. Magdalena wollte schon lange so einen, denn sie wollte werden wie die Mutter von Kakao, ohne eine Mutter sein zu müssen. War die, die jetzt vor der Glastür des Restaurants stand, eine Mutter? Sie hatte die Hand an den Messingknauf gelegt, dann trat sie einen Schritt zurück. Magdalena scannte die Frau, die nun zum zweiten Mal das Menü studierte. Was war mit der eigentlich los? Komm rein, dachte Magdalena, komm doch rein, Frau im Trench!

Der Trenchcoat war nicht mehr neu, etwas lang, die Ärmel zu wenig anliegend, die Schulterpolster hätte man rausnehmen müssen, aber es war noch immer ein gutes Stück, solid. Hing da ein blaues Papier der chemischen Reinigung im Futter? Steckte ein Mottenpapier in der Tasche? Der sparsame Gebrauch verlieh dem Ausgehmantel etwas Edles. Ihn hätte eine Frau bestimmt mitgenommen, wenn sie in Kriegszeiten aus ihrem Haus vertrieben worden wäre. Er gab Halt. Auch der Frau im Vorraum. Sie ging bestimmt nicht oft aus.

Magdalena, glaubst du an Wunder? Ja. Ich verlange sie.

Voilà! Ihr Schicksal hatte sich überwunden und trat ein.

Da Capo. Das war hier Programm.

Du redest dir jetzt aber nicht im Ernst ein, die Unbekannte unter der Tür sei Kakao, simulierst Vergessen, gibst vor, die Erinnerung sei überschrieben worden? Geht nicht! Kakao ist erfroren!

Doch. Geht. Sie wollte diese Frau an ihrem Tisch haben und behalten.

Der beige Trenchcoat passte zur klassischen Einrichtung des Restaurants. Trendbewusste verspotteten es als Rentnerlokal. Das Ambiente war nicht angestaubt, eine hellblaue Decke, hoch und luftig, weißer Stuck, weißes Gedeck, bequeme Polsterung, am Fenster gab es Zweiertische mit Stehlampe. Mediterranes Flair, sagte Gerri dazu. Die Diskreten saßen hinten, an der Wand, zwischen Garderoben, sie wollten nicht entdeckt werden von denen, die in der Mitte saßen. Die würdigten die an der Wand als ihre natürlichen Verbündeten, mit denen sie hemmungslos jene, die am Fenster saßen, studieren und besprechen durften.

Mittags wurde Roastbeef und Kalbsbraten mit Sauce béarnaise vom Wagen serviert, ein Festessen, für das sich jedes Würgen und der kleine Schluchzer zum Schluss lohnten. Magdalena schmeckte die viele Butter nochmals, den frischen Estragon. Sie nannte es *kommen* oder *rückwärts essen*. Das sorgfältig gekaute Fleisch durchzog die weiche Maße aus Gratin Dauphinois, *comme il faut* mit einem Hauch Thymian und Vollrahm verheiratet, es rutschte vorbildlich durch den entzündeten Hals, als wolle es ihn schmieren. Wie ein freundlicher Bruder des Reptils, das manchmal in die Mundhöhle spie, kroch der Kartoffelbrei aus ihr hervor und legte sich gepflegt in die Toilettenschüssel aus Porzellan. *Service soigné,* hätte Frau Märky gesagt, hätte sie gewusst, wie formvollendet Magdalena ihr Inneres preisgab.

Kakao hielt sich am dunkelgrünen Regenschirm fest, die Hand flipperte mit dem Daumen, eine schwarze Handtasche hing über der Schulter, sie rutschte in die Armbeuge, als sie endlich die Glastür aufstieß. Welche Provinz-Coiffeuse hatte diese Frisur verbrochen? Eine, die sagte, eine flotte Tönung und ein frecher Schnitt stünden jeder, auch diese gute Frau sehe damit ganz passabel aus? Kakao sah aus, als sei sie vorbei, an sich vorbeigeschritten, der beste Teil war abgebogen, weg, ausgewandert. Passé. Und sie hatte das passende Gesicht dazu, feine rote Adern beherrschten es wie die geplatzten Adern in Magdalenas Augen. *The perfect match,* dachte Magdalena.

Kakaos Haut glich beschriebenem Pergament, eine Art Fahrplan, er deutete wohl auf die Polybahn hin, die nur vordergründig so hieß, weil sie zum Polytechnikum führte, aber da steckte mehr dahinter, ein Hinweis auf geheime Pläne zur Errichtung weiterer Bahnen, eine Gondelbahn über den Zürichsee. Manche Bahnen gab es bereits, unterirdisch, ihr Netz durchzog das ganze Land. Hätte die große Hand, die Magdalena in der Glaskugel über den Bellevueplatz befördert hatte, kräftig an Drahtseilen und Schienen gezogen, ganze Wurstbatterien anderer Bahnen wären zum Vorschein gekommen, eine eingefärbte Cipollata-Kette, blaugrün-schwarz, überall Militär drin. Der Boden wäre an den unterschiedlichsten Orten aufgebrochen, unter Kirchen und Banken, ein Riss hätte sich aufgetan durch Seen und Berge, es ging nicht nur um den Fluchtweg für die Regierung, es ging um Sprengstoffdepots, es ging um die Rezepte für dieses Restaurant. Der Fahrplan der Frau, die eintrat, gab Auskunft über alles Unsichtbare und Subkutane.

Um Menschen einzuschätzen, verwandelte Magdalena sie in Klassenkameraden oder Schülerinnen, sie ließ die Geschrumpften auf dem Schulhof los, brachte sie in der Hierarchie unter, schaute, ob sie zum Gummitwist zugelassen waren, ob die Schneeballschlacht sie aufnahm, ob sie Werfer waren oder die mit der blutigen Nase. Magdalena versuchte zu erahnen, wann sie im Sportunterricht gewählt wurden für die Unihockey- oder Volleyball-Mannschaft, ob sie zu Geburtstagen eingeladen waren, falsch gesungen hatten, in der ersten Reihe saßen. Gaben sie einen Bissen vom Pausenbrot ab, schlugen sie zu, fuhren sie gut Ski, waren sie cool im Schwimmbad? Wie hielten sie ihre erste Zigarette?

Die Frau im beigen Trenchcoat war bestimmt der sanfte Star des Handarbeitsunterrichts. Man sah ihr das perfekte Bündchen, die tadellose Ferse, den harmonischsten Spickel an. Sie wirkte nur deshalb unsicher und bedürftig, weil sie nichts zu stricken dabeihatte – und Magdalena nicht beschützen konnte. Früher hatte Kakao ihre Freundin vor den

Feindinnen beschützt, die Madlaina gezeigt hatten, wie das läuft zwischen Menschen. Da Kakao vier Jahre älter war und bereits in der Oberstufe, konnte sie Madlaina in der Klasse nicht beistehen. In der Pause waren Solidaritätsbesuche möglich, wenn auch nur kurze, Kakaos Klassenkameradinnen riefen sie zur Ordnung, man verkehrte nicht mit den Kleinen, die waren zwar süß, hatten aber keinen Sinn für Themen.

Nun winkte Magdalena Kakao heftig. Die zeigte auf sich. Ich? Ja, du, wer sonst? Komm! Kakao kam auf Magdalena zu und setzte sich. Magdalena dachte an den Meteoriten, was würde sie tun, wenn er jetzt ins Lokal käme? Sie rügte sich dieses Gedankens wegen. Warum brachte sie das Ekel nicht aus dem Kopf, aus dem Sinn, aus ihrem Verlangen? Sie kratzte die Reste der gebrannten Crème zusammen, sie kratzte auch noch, als es nichts mehr zu holen gab, sie wollte die Situation in die Länge ziehen, aus Scheu und Vorfreude.

Die Frau, Kakao, die Magdalena auf etwa zehn Jahre älter als sich selbst schätzte, behändigte die Speisekarte. Sie kannte sie bestimmt auswendig, auch rückwärts und zweisprachig, dachte Magdalena. Die Frau saß gerade wie eine Kerze. Wohlwollend betrachtet, hatte sie Haltung. Negativ hingegen, steckte ein Stock in ihrem Hintern. Kein Wunder. Wie lange hatte die da draußen gestanden? Sie war als hart gepumpter Veloreifen gekommen, jeden Kieselstein im Hintern spürend, was zum aufmerksamen Fahren zwang – und zu diversen Versteifungen führte. Nun ließ sie sich gehe. Sie mochte den Stuhl, das sah man, er hatte die richtige Größe, sie wurde kleiner und breiter, sackte wohlig in sich zusammen, ließ Luft ab. Sie atmete lange aus, wie in einem Meditationskurs. Magdalena sah den gestreckten Hals von Kakao und wie sie die Haare in den Nacken warf, diese typische Bewegung, dazu kam die Ruhe der Frau, die den Trenchcoat von Kakaos Mutter trug.

Magdalena sah sich und die Frau abtauchen. Sie konnten unter Wasser atmen.

Kakaos dunkle Augen waren zwischen Tränensäcken und Schlupflidern eingebettet, sie hatten das Meer lange nicht gesehen, dennoch war der Blick kräftig, kräftiger als früher, aber ohne Freude. Sie war alt geworden. Nun hängte sie den Trenchcoat über die Stuhllehne und bestellte vom Wagen. Braten mit Morchelsauce. Seit wann gab es die? Vorhin hatte der Kellner die Sauce nicht angeboten, die Küche mag sie extra für Kakao geschickt haben. Der Morchelduft kam als Störung in die Nase der satten Magdalena, die nicht an Appetit erinnert werden wollte, schon gar nicht an Hunger. Es ärgerte sie wie der Gedanke an die Idioten, die nach dem Orgasmus weiterstimulierten und damit Bitterkeit und Trauer verstärkten.

Magdalena bestellte einen doppelten Espresso.

Ihre Tischgenossin aß langsam. Guten Appetit, sagte Magdalena. Endlich legte Kakao Gabel und Messer ab und begann, in ihrer Handtasche zu kramen. Dann streckte sie Magdalena ihr aufgeklapptes Portemonnaie hin. Durch die zerkratzte Klarsichtfolie war ein weibliches Gesicht zu sehen, blass und breit, ausdruckslos, mit tiefer Stirn. Magdalena schaute genau hin, sie wollte, dass es aufmerksam aussah, dann lobte sie die Person, die sie für die Tochter der Frau hielt. Sympathisch, sagte sie. Die Frau winkte ab: Sympathisch? Sie bringt mich ins Grab. Ich kann nicht mehr. Jeder Tag ist schrecklich. Ich habe Rückenschmerzen und Schwindelgefühle. Sie kann sich nicht allein waschen. Sachen kaputt machen, das kann sie. Ich heiße übrigens Klärli, sagte die Frau, aus der all das herausgebrochen war, wie ein Strahl Kotze. Magdalena war dem Strahl nicht ausgewichen, sie tropfte. Ich bin Magdalena, sagte sie. Sie gaben sich die Hand, schauten sich an, mitten in die Augen, und atmeten zusammen aus.

Du heißt doch Kakao, wir kennen uns aus unserer Jugend.

Ja, stimmt. Ich bin Kakao. Du bist …

Bohne. Auch Magdalena.

Genau. Klar. Jetzt erinnere ich mich. Schön! Sehr schön.

Sie kannten sich also von den Pfadfindern und vom Pausenhof. Sie hatten zusammen unter der Rosskastanie hinter der Mauer gestanden, Kakao aus der Sekundar fragte da die kleine Bohne, ob sie ihre Freundin sein wollte. Bohne hatte nicht antworten, nur nicken können vor Glück. Sie schworen sich ewige Treue, sie wollten das Gute verteidigen bis aufs Blut, wie Kakao sagte, die fortgeschritten war, Madlaina war in der dritten Primarklasse und hatte noch keine Blutung. Aufs Blut! Die mit oder baldiger Menstruation mussten zusammenstehen. Auch wegen der vielen Geheimnisse, die sie eine komplizierte verschlüsselte Schrift entwickeln ließ, wahrscheinlich die schönste auf der ganzen Welt. Sie wären damit berühmt geworden. Aber sie hatten nichts verraten, bis zum heutigen Tag, den sie gerade am Schopf packten. Eher hätten sie dem Schicksal alle Haare ausgerissen, als je wieder loszulassen.

Klärli hoffte, ein paar Tage mit Magdalena verbringen zu dürfen, bevor die Polizei sie einlochen würde.

Warum bist du hier?, fragte sie. Eine Art Verabredung, antwortete Bohne. Die Person ist nicht gekommen. Kakao lachte, die Person, ein Mann also. Oder? Wie schön Kakao lachte! Gibt es diese Person denn überhaupt? Oder wartest du auf sie, weil du hoffst, es möge sie für dich geben? Magdalena schüttelte den Kopf. Wen habe ich da bloß aufgegabelt?, dachte sie. Kakao sagte, wen habe ich da bloß aufgegabelt? Weißt du, Bohne, Männer sind immer eine Strafe. Man wählt unter Strafen. Sie selbst kannte keine Verabredungen, sie hatte Termine – mit Therapeutin 1, 2 und 3, Psychologin, Behörden, Dermatologin, Augen-, Zahn- und Hausarzt, der sie an die Haarsprechstunde des Unispitals verwiesen hatte, weil da immer weniger Haare auf ihrem Kopf wuchsen. Sie nahm Eisen und Hirse und das Arganöl, das sie sich nicht leisten konnte, sie aß regelmäßig, manchmal auch Gemüse und Früchte, was konnte das sein? Trauer? Damit war jetzt Schluss.

Kakao saß bei ihrer Jugendfreundin, die ihr von diesem Meteoriten erzählte. Er machte ihr das Leben zur Hölle. Sie erfuhr viel mehr, als sie aufnehmen konnte. Ihr wurde schlecht. Sie kannte den Typus, ihr Mann war so gewesen, ihr Vater, ihre Brüder, Onkel, Lehrer. Alle. Sie hörte Magdalena zu, die ihre Augen geschlossen hielt, während sie sprach. Wie in Trance. Klärli sagte, ich kille den alten Sack für dich und bringe dir seine Zunge. Gern, sagte Magdalena. Er geht an Werktagen immer um 10 Uhr ins Café Bank am Helvetiaplatz, da kannst du ihn für mich plattmachen. Das würde dir im Himmel bestimmt angerechnet. Und von mir sowieso.

Sie waren Freundinnen. Beste Freundinnen. Alte Freundinnen. Wie genossen sie es, den Nebentischen und dem Kellner ihre Verbindung, ihre Liebe, zu zeigen! Bestimmt waren alle eifersüchtig und tief beeindruckt. Sie waren es auch. Kakao kam sich vor wie eine Baronin, die sich aus dem Güllenloch befreit hatte, am eigenen, sehr dünnen Zopf herausgezogen, weil Bohne ihr mitten in die Augen sah und sie es zulassen konnte. Konnte sie in Magdalenas Blick so tief tauchen, dass der Sauerstoff ausging und sie einfach weiterleben, das Leben zuvor vergessen würde: Krampfadern, Totaloperation, Depression, Schulden, Mord?

Zeig mir bitte nochmals das Foto deiner Tochter, sagte Magdalena. Sind von der Norm abweichende Menschen nicht die schönsten Blumen in Gottes Garten? Während wir uns im Rebberg abmühen wie behindert, wenn ich es so plump sagen darf, ist der Blick deiner Tochter doch Inbegriff des menschlichen Blicks, ein Urblick, wie der eines Neugeborenen. Ohne seine Zustimmung in diese höllische Welt herausgepresst, keine Erfahrung, nichts geleistet. Niemand und doch alles.

Klärli starrte Magdalena an. Was redest du da? Glaubst du, ich habe es schön? Bin privilegiert? Darf mit der edelsten Kreatur zusammensein? Ich habe dich wohl komplett falsch eingeschätzt, Magdalena. Bist sicher eine Studierte, das war ja zu erwarten. Über Dinge reden ohne die geringste Ahnung. Eure Spezialität. Reden, damit geredet ist. Es tut mir leid, aber du verstehst nichts! Die mit dem Urblick sind keine Blumen oder Sterne oder Wunder. Wie kitschig soll es eigentlich zugehen? Hast du einem erwachsenen Menschen schon einmal die Windeln gewechselt? Ich mache das jeden Tag.

Ich habe heute Morgen Windeln gewechselt, sagte Magdalena, und studiert bin ich auch nicht. Bitte hör auf! Du bist großartig, ich wollte dich nicht …

Schau mich mal an, Magdalena, ich war einmal hübsch, blond, mir liefen die Männer nach. Die Frauen auch. Und sag' jetzt nicht: Du bist immer noch hübsch. Das ist nicht nötig. Meine Sparlampe ist zwar gnädig, sie leuchtet mich trotzdem aus, ich weiß Bescheid über dieses Klärli. Wo ist seine »originelle Frechheit« von früher, das »offene Wesen«, das mir attestiert wurde, wo ist es geblieben? Vor vielen Jahren habe ich allen widersprochen, auch dem Lehrer, nein, ich wollte die Liegestütze nicht machen in der Pause, und vieles andere auch nicht, das hat saftige Ohrfeigen und Strafarbeiten gesetzt. Mir war es egal. Niemand konnte mich zwingen, Liegestütze zu machen. Ich lag flach wie eine Flunder auf dem Boden der Schulstube und betrachtete die Schnürsenkel des Lehrers, sorgfältig geknotet,

100 % Symmetrie. Ich lachte ihn aus. Das waren noch Zeiten! Arbeitest du eigentlich als Krankenschwester?

Nein. Rate mal!

Schwierig. Redakteurin?

Nein.

Etwas mit Kunst?

Sehe ich so aus? Wie sieht jemand aus, der mit Kunst zu tun hat? Besser?

Sag doch einfach!

Ich arbeite in einer Konditorei. Im Verkauf.

Klärli schaute skeptisch. Dann schüttelte sie den Kopf, zeigte mit dem Finger auf Magdalena. Nein, nein, nein. Verarschung, sagten wir früher. Erinnerst du dich?

Klar.

Hör doch auf mit diesem Ablenkungsmanöver. Was tut jemand wie du in einer Konditorei?

Verkaufen. Seit zwei Jahren. Ich esse selbst gerne Konfekt. Schau auf meinen Pullover. Die Farbe von Erdbeerquark ist das. Erdbeerquark, damit solltest du die Tochter bewerfen, wenn du nicht mehr kannst. Warum ist sie nicht im Heim, sag! Vielleicht ginge es dir dann besser?

Du hast keine Ahnung!

Dann hilf mir halt! Was hast du gemacht, als es deine Tochter noch nicht gab?

Interessiert doch keinen Menschen. Verkauf.

So wortkarg plötzlich. Ich bin dir suspekt, weil ich nicht eine Redakteurin oder eine Kunsttante bin. Du hieltst mich für etwas Besseres, höhere Kaste und so, und jetzt, wo deine Erwartung enttäuscht wurde, wirst du patzig.

Wem hast du die Windeln gewechselt? Sag schon!

Meinem Vater. Ich wollte dir nicht zu nahe treten. Lass uns nicht so auseinandergehen. Lass uns zusammenbleiben. Lass uns gemeinsam diesen Ort verlassen, lass uns herumstreunen, ich komme zu dir nach Hause, und wir kümmern uns um deine Tochter.

Vergiss es. Wir sind gescheitert. Damit mussten wir von Anfang an rechnen. Wir waren mutig. Und es hat nicht geklappt.

Es hat geklappt. Soll ich zu dir mitkommen? Oder willst du wissen, wo ich wohne? Wie lange fährt man zu dir?

Eine halbe Stunde. Habe ich dich eingeladen?

Nein, aber ich komme jetzt einfach mit. Es ist Sonntag, mein Vater liegt im Sterben, ich möchte meine Freundin begleiten.

Dein Vater liegt im Sterben?

Ja.

Wo?

Im Kantonsspital.

Hier, in Zürich?

Nein, in den Bergen.

Wir gehen zu Deinem Vater!

Da war ich schon. Vielleicht zum letzten Mal.

Zu mir können wir nicht.

Warum?

Weil es nicht geht.

Okay. Und deine Tochter, wird sie betreut?

Es geht ihr gut.

Geht es uns nicht auch gut?

Ging uns noch nie besser.

Jetzt lebst du wieder auf.

Ein bisschen.

Ach, komm, wir machen das anders. Du bleibst. Wir ignorieren alles, das nicht in Zürich ist.

Dein Vater soll in Ruhe sterben. Und meiner Tochter geht es gut.

Klingt nach Ordnung.

Ja.

Auf Kakaos Teller lag noch ein Stück Braten in einem glänzenden braunen See, die Morcheln hatte sie herausgepickt, Magdalena hätte es genauso gemacht, daneben waren ein paar Karotten-Stücke übrig, die sie nun verlegen hin und her bewegte und dann zu einem lächerlichen orangefarbenen Klafter schichtete.

Lass uns spazieren, sagte Magdalena. Ich zeige dir, wo ich wohne, wo ich arbeite, ja? Jede bezahlte ihren Teil, es war teuer, deshalb erhoben sie sich nur langsam. Magdalena half Klärli in den Trench. Sie verließen das Restaurant wie zwei Damen. Draußen dämmerte es.

6

Auf der Straße verwandelten sich die beiden Damen in Klärli und Magdalena, dann in Kakao und Bohne. Sie umarmten sich. Kakao hielt Bohne oben umfasst, sie spürte Bohnes harte Schultern, wie mit dem Lineal gezogen, sie spürte den zarten Hals, ein wenig Druck, und der wäre gebrochen. Sie roch das Parfum, das sich mit einem anderen Geruch mischte, Schweiß war es nicht, aber er kam aus dem mageren Körper. Bohnes Haar roch nach nichts, auch nicht nach Haar, was hieß: nicht nach Shampoo. Bohne war kleiner als Kakao, sie fasste Kakao um den Bauch, Kakao hatte keine Taille mehr und Fettwülste am Rücken, Bohne strich über den Rücken, der Büstenhalter hatte sich in der oberen Hälfte eingefressen, da blieb sicher eine Schneise, wenn Kakao sich abends auszog. Vielleicht zog sie sich gar nicht mehr aus.

Sie drückten ihre Körper aneinander, atmeten oberflächlich, weinen war nicht möglich. Zum Weinen musste die Lunge frei sein, dazu hätten sie sich freimachen müssen, das ging nicht, es wäre unanständig gewesen nach all den Jahren, aber daran dachten sie nicht. Sie dachten nichts, sie überließen sich dem Rausch, krallten sich im Pullover der anderen fest, als wollten sie ihn zerreißen, als wollten sie die Löcher, die entstehen würden, wenn das so weiterging, stopfen, mit Teilen ihrer restlichen Kleidung. Vor dem Heilmachen hätten sie noch ein Geschenk in die Löcher gesteckt, kein Juckpulver, wie zu Schulzeiten, ein Kleinod, einen Anhänger, ein Buch mit Goldschnitt, Seidenblumen, als Anerkennung, um zu zeigen, wie sehr das Leid der anderen sie mitnahm.

Nach der Zerstörung der läppischen Pullover hätten sie einander in die Schulter beißen, an den Haaren zupfen, sanft in Oberarm und Bauch schlagen können, sie hätten sich mit großer Geste entschuldigt und ein Angebot gemacht, das ganze Outfit zu ersetzen. Warum nicht ausziehen, völlig nackt voreinander stehen, sich anschauen, bis die Scham sich verzog? Sich gegenseitig neu einkleiden, die Garderobe wählen für die andere, etwas, das mehr zu ihr passte, als sie selbst wusste. Jede würde die neuen Kleider tragen, glücklich und stolz, anerkennend zur Freundin schauen, die das Gleiche tat.

Nach ein paar Wochen die Kleider tauschen, wie in der Jugend, frisch beduftet, die textile Haut der Freundschaft überstreifen, die sie nie mehr ablegen wollten, bis die Kleider in Fetzen von den Schultern hängen würden, sich noch in Fetzen leidenschaftlich umfasst fühlen und gewärmt. Miteinander einatmen, als wäre in ihren Leben nichts als diese eine Begegnung geschehen. Nun durfte außerhalb alles zu Bruch gehen, der Vater und die Tochter durften sterben und tot sein, Hauptbahnhof und Stadt kollabieren, der Meteorit in der Bar zwei Straßen weiter für immer sitzen bleiben. Sie würden aufs Land ziehen, ein paar Hühner halten, zwei Esel, Ziegen, immer beieinander sein, die Luft anhalten, gemeinsam ausatmen, Weltmeisterinnen sein in der Disziplin *alte Freundinnen*.

Darf ich dich in meinen Palast entführen, Kakao, oder ist es noch zu früh?

Zuerst Apéro, dann Heirat, anschließend ziehen wir zusammen. Wir sind konservativ.

Mindestens.

Sie fuhren laut lachend auf zwei Rolltreppen einen Stock tiefer ins *Espressino, Bar & Café,* einer der verlorensten Orte der Stadt, vorne Buchhandlung und Florist mit Gestecken, die seit den Siebzigern unverändert blieben. Rechts und links Großkonditorei und Großbank, hinten ein Sandwichladen. Frau Märky hätte das Espressino verachtet, weil es an diesen überflüssigen, unlauteren Sandwichladen grenzte. Sie war überzeugt, die Medien verschwiegen die Salmonellentoten. Die Sandwichmafia der großen Ketten operierte mit raffinierten Techniken der Erpressung, weltweit. Bestimmt arbeiteten die alle mit den italienischen Gewerkschaften zusammen im Kartell der Superschurken. Wenn Frau Märky, die einzige Superheldin Helvetiens, davon erzählte, bekam sie den terroristischen Blick. Sie zog heftig an ihrer Perlenkette, man traute ihr zu, dass sie die Perlen nicht auf Garn geknotet, sondern auf einen Stahlfaden aufgezogen hatte – für die Ewigkeit. Ihr über achtzigjähriger Kiefer mahlte wie eine Knochenmühle, die ab und zu ein Goldnugget ausspuckt. Frau Märky hatte drei Goldzähne, die sichtbar waren, im hinteren Bereich ihrer Mundhöhle gab es bestimmt noch weitere Schätze. Sie wünschte dem Sandwichteam regelmäßig den langsamen Tod. Ihre eigenen Trübungen waren ihr beim Wünschen nicht im Weg, nur weil jemand selbst sündigte, hieß das noch lange nicht, dass er andere Sünden nicht erkannte, dazu schweigen oder auf Rache verzichten musste.

Kakao und Bohne setzten sich in den Bar-Schlauch. Ein zugiges Loch. Fragen zu Zeit und Stil unerwünscht, zwei Türen, ein Code für die Toilette, ohne Atmosphäre, ohne Prägung, Verweildauer nicht deklariert, hier war Freiheit möglich und Vereinzelung, mit einem Buch oder im Gespräch mit einer, die auch nicht hierherpasste. Niemand passte hierher. Nicht Magdalena, nicht Klärli, nicht die anderen Gäste, nicht das Personal. Wir sind alle am falschen Ort, deshalb passen wir so gut zusammen. Ruhen wir uns gemeinsam aus! Schauen wir gemeinsam auf den riesigen Bildschirm! Schauen wir uns ein Fußballspiel zwischen unbekannten Mannschaften an, ohne Ton – und dann schauen wir uns trotzig in die Augen. Ein großes Wir. Keiner im Espressino hätte das so gesagt, alle wären dagegen gewesen.

Magdalena rief die Kellnerin, die einen Schriftzug über fünf Zeilen auf dem Arm trug. Der Text war verschwommen. Was das heiße, wollte Klärli wissen. Das sei aus einem Psalm, sagte die Kellnerin, keine gute Arbeit. Sie wolle sich als Tattoostecherin ausbilden lassen, ein eigenes Studio war ihr Ziel.

Die Freundinnen pflichteten ihr bei. Sie sollte das tun, unbedingt. Magdalena und Klärli tranken und lachten, sie hielten sich bei den Händen. Komm, wir nehmen noch einen Tee, schlug Klärli vor. Magdalena rührte im Tee und betrachtete den Löffel, er gehörte zu einem Frühstücksei im Porzellanbecher, Inbegriff der geordneten Welt, die den Start in einen Tag versprach, wie ihn andere Leute kannten. Der war heute auch ihnen beschieden, die Chancen waren intakt, ihnen war so etwas wie Nähe gelungen. Das war gefährlich. Intimität ist wie eine Raumkapsel, die davonfliegt, deshalb muss sie beobachtet und bekämpft werden, jedes System, das in Ruhe funktionieren will, bekämpft Intimität zwischen Menschen, besonders zwischen Frauen.

Was ist eigentlich mit diesem Gerri los? Bei dem solltest du sein, wenn du mich fragst.

Er ist eigentlich meine Nummer eins, sagte Magdalena.

Nicht ich?

Du bist meine Nummer eins.

Und er?

Auch.

Und wie habt ihr euch getroffen?

Er war mein Kunde.

Hast ihm Konfekt verkauft?

Sex.

So.

Tortensex. Klingt schräg, ich weiß. Musst nicht denken, er breche ins Hotel Sacher ein und vögle die Patisserie. Er onaniert vor Filmen, die Tortenschlachten zeigen oder kommt mit einer Sprünglitasche an, ich reibe ihn ein, schmiere ihm Schokoladenmousse und Buttercrème ins Gesicht und überallhin. Besudelungsorgie. Manchmal werfe ich etwas nach ihm. Ist komisch. Aber nicht zum Lachen. Ihn macht es manchmal traurig, er schämt sich. Ich sage dann, das schlechte Gewissen klebt wie Zuckerguss und Marzipanblätter in deinem Kopf, dann fährt der geile Ernst ein, bis zum süßen Finale.

Du machst ihn glücklich.

Er ist so dankbar, wie ein Mann es nicht sein darf, wenn er frei leben will. Er war erst ein paar Mal bei mir in Behandlung gewesen, als wir uns zufällig an der Seepromenade trafen. Wegen der Wetterprognose hatten beide einen Schirm dabei. Als es zu tröpfeln begann, spannte er seinen Schirm über meinem auf. Das sagt alles.

Ein fürsorglicher Mann.

Ich war gerührt.

Und er hat sich verliebt.

Vielleicht. Aus Dankbarkeit. Wobei Dankbarkeit und Liebe fast nicht zu unterscheiden sind, was meinst du? Vielleicht liebe ich ihn auch?

Was Magdalena verschwieg, weil sie nicht wusste, wie das ankommen würde: Gerri nahm ihr manchmal den Salzstreuer aus der Hand, salzte das Steak, mit Verstand, wie er sagte, zu viel Salz ist ungesund, du hast doch diese angeborene Nierenschwäche, Magdalena. Es kam auch vor, dass er im Restaurant ihre Vorspeisen-Suppe zu sich zog, wenn die nicht appetitlich genug aussah. Er bestellte *à la carte* etwas Besseres, nach ihren Wünschen. Auch bestand er darauf, ihre Haare zu waschen, er liebte die kräftige Schäumung eines milden Shampoos, dann massierte er die Feuchtigkeits-Maske ein, wartete mit Magdalena fünfzehn Minuten, sie saßen zusammen auf dem Rand der Badewanne, er erzählte die ältesten Witze. Die fand sie besonders gut, sie hatten sich bewährt. Oft sprachen sie über Bücher, manchmal las er das Buch, das sie interessierte, vor ihr, damit sie den Aufwand nicht umsonst trieb.

Er ist auf alle Fälle ein Volltreffer, sagte Klärli.

Aber leider einer von diesen Studierten, die keine Ahnung haben, sogar Professor.

Oha lätz! Gibt sicher auch da Ausnahmen.

Er macht grade Ferien von mir. Will mich nicht sehen.

Wegen dem Unflat. Logisch. Der muss weg!

Der Meteorit? Ist schon weg. Habe ihm gestern gesagt, es sei aus. Ich habe jetzt eine Freundin.

Na ja, Reden ist Silber.

Stimmt.

Nichts zu danken, sagte Klärli und lächelte.

Nun fuhren sie wieder Rolltreppe, zur Bahnhofs-Kirche, die eine Kapelle war. Wir wollen doch heiraten, oder?, fragte Magdalena. Was sonst, antwortete Klärli, heiraten, bevor alles den Bach runtergeht.

Sah man von der religiösen Gerätschaft ab, hätte der *Raum der Andacht* ein günstiges Studio sein können in einem nicht besonders begehrten Quartier, vielleicht das Tattoostudio der Kellnerin, wo sie an ihren Freunden herumdokterte, alle mit verwackelten Psalmen versah, mit ihnen ausgiebig schlief, damit sie ihr den Pfusch verziehen, und sie dann glücklich in die Welt schickte. Sie hätte nur ihre Kochnische zur Ablage für Teelichter machen müssen, schon hätte ihr Studio als Raum der Andacht in der Peripherie funktioniert. Die Leute hätten sich ein Kreuz auf die Stirn gewünscht, Halbmonde in die Mundwinkel, siebenarmige Leuchter auf die Brüste, Tränen oder Herzen an den Lenden, überall Schönheitsflecken und einen Fahrplan auf den Hintern.

Magdalena fühlte sich wohl, weil es in der spirituellen Randkammer auch eine Kasse gab, wie in der Konditorei. Kassen waren Bewahrerinnen großer Wahrheiten. Es ging nie nur um Geld.

Sie zündeten Kerzen an, zwei für sich und zwei für Tochter und Vater. Sie setzten sich in die erste Reihe und falteten die Hände.

Wie weiter?, fragte Magdalena.

Beten. Einfach eine Minute lang behaupten, ich bete. Die Augen schließen. Ich bete. Und schon ist da eine Art Glauben.

Wie eine ferne Erinnerung. – Komm, wir gehen!

Zu dir.

Magdalena klingelte bei Frau Märky, die widerwillig die Tür öffnete, verständlich bei der Aufmachung. Frau Märkys rosafarbene Lockenwickler schützte ein durchsichtiges Polyester-Haartuch. Sie waren auf eine Weise festgezurrt, wie es nur Menschen aushalten, die alles über den Ersten Weltkrieg wissen. Magdalena fragte die Chefin, ob es in Ordnung sei, wenn ihre Jugendfreundin bei ihr im Atelier übernachte, und ob sie Frau Märkys Notbett aus der Abstellkammer ausleihen dürften. Die strahlte. Selbstverständlich, aber dann muss mir die Jugendfreundin auch einen Gefallen tun und morgen mein Auto abholen, ich habe meinen Fahrausweis abgeben müssen wegen der schlechten Augen, das Auto steht seither auf meinem Parkplatz drüben in der Hohen Promenade, 556, es muss dringend in den Service in die Forchstrasse bei Sommerhalder, nächste Woche ist Vorführungstermin. Das könnten Sie dann bestimmt auch gleich übernehmen, Frau …? Klärli, sagte Klärli. Würden Sie das für mich tun? Hier sind die Schlüssel. Vielen Dank und gute Nacht!

7

Als Magdalena auf dem Notbett erwachte, schmerzte ihr Nacken, eine blöde Halskehre und noch nicht sechs Uhr. Kakao lag reglos im Bett, ihr Atem war nicht zu hören. Magdalena konnte keine Bewegung erkennen, sie sprang auf, die Hände am Nacken, neigte sich zu Klärli und wartete, das Ohr an der Nase der Freundin. Alles gut. Sie würde Klärli noch eine Viertelstunde in Ruhe lassen, mehr lag nicht drin, in einer halben Stunde mussten sie im Geschäft sein und die Ware einräumen. Um sieben Uhr dreißig standen die Stammkunden bereits Schlage. Immerhin waren die schnell bedient. Magdalena kannte ihre Wünsche und konnte speditiv arbeiten. Die meisten hätten einen Kaffee *to go* zum Croissant gebraucht. Bieten wir leider nicht an, musste Magdalena immer wieder sagen. Frau Märky wollte dieser neumodischen Unart nicht auch noch nachgeben, es reiche vollkommen, dass die Menschen auf der Straße essen, oft ohne Serviette. Überall Brösel, im

Gesicht, auf der Hose, in der Handtasche. Also wirklich! Früher wäre das undenkbar gewesen für erwachsene Menschen, die etwas auf sich hielten und einen Ruf zu verlieren hatten. Heute ist es üblich, gehört sich trotzdem nicht, sagte Frau Märky. Ich kann den Zerfall der Tischsitten nicht aufhalten, dass auf der Straße getrunken wird, dulde ich hingegen nicht. Nicht in meinem Revier!

Magdalena goss für Klärli löslichen Kaffee auf, er war bereits gesüßt, hoffentlich mochte sie das. Dann stand sie erwartungsvoll bei Klärlis Bett und hoffte, der Kaffeeduft möge sie aus ihren Träumen holen, aber Klärli regte sich nicht. Vielleicht stellte sie sich schlafend. Magdalena blies ihr ins Gesicht, da öffnete sie die Augen und sagte, nein. Dann nochmals, lauter, nein! Doch, doch, sagte Magdalena, die bereits angezogen und geschminkt war, sie trug eine beige Bluse mit Stehkragen und die kurze Perlenkette, das Haar fiel in Wellen über ihre Schultern. Ist das deine natürliche Farbe?, fragte Klärli. Ja, sagte Magdalena und gab ihr einen Kuss auf die Wange. Du bist ein Engel, sagte Klärli. Leider nicht, aber ich habe Aussicht auf eine steile Engelskarriere, jetzt, wo du da bist. Wir könnten zusammenarbeiten, uns ablösen, müssten halt den Lohn teilen, Frau Märky ist der *No-free-Lunch*-Typ. Weiß nicht, was das heißt, sagte Klärli, kann es mir aber vorstellen, die Märky ist die Märky und nicht der Pestalozzi. Ja, sagte Magdalena, deshalb ist der Laden nicht geheizt, und heute ist es ja frisch draußen, ich habe vorhin Radio gehört. Märky denkt wahrscheinlich, die Saunaidee tauge auch fürs Geschäftsleben, bessere Durchblutung von Füßen und Gehirn. Einfach ohne zeitnahen Reiz, den Kontrast bringt dann der Sommer. Zieh besser deinen Trench an! Ich zeige dir alles. Magdalena erläuterte Klärli den Ablauf, und die übertrieb es mit dem Interesse, kommentierte dauernd, unerhört interessant, außerordentlich knifflig, speziell elegant. Hör auf, mich zu verarschen!, sagte Magdalena. Klärli lachte laut.

Magdalena hing Zukunftsplänen nach, sie stellte sich vor, wie Klärli und sie sich fortan das Hinterzimmer teilen und irgendwann in die Wohnung von Frau Märky einziehen würden. Frau Märky hatte noch nie eine Bemerkung in diese Richtung gemacht, schon gar keine Einladung ausgesprochen, aber steter Tropfen höhlt den Stein. Sie wären so erfreuliche und hilfsbereite Mitarbeiterinnen, über die Monate und Jahre würden sie sich unentbehrlich machen. Frau Märky, immer bedürftiger, käme dann bestimmt mit der Frage, die sich logisch ergeben musste, wollt ihr bei mir im ersten Stock wohnen? Ich habe zwei Zimmer frei, das heißt, sie müssen von Häkelzeug und Erinnerungsballast befreit werden, da liegt ziemlich viel Plunder rum und Kleider, die das Brockenhaus abgelehnt hat. Aber ja, Frau Märky, Sie kleiner Messie, wir helfen Ihnen gerne, hätte Magdalena gedacht und gesagt, das Problem werden wir im Nu für Sie aus der Welt schaffen. Legen Sie sich hin, trinken sie eine Tasse Tee. Gerri wäre Feuer und Flamme, Klärli übernähme den Haushalt und die Mittagspause sowie dann und wann Aushilfsarbeiten in der Konditorei. Irgendwann könnten Magdalena und Klärli das Geschäft führen ganz im Sinne von Frau Märky, jedenfalls ohne Kaffee *to go*, eventuell mit reaktivierter Backstube.

Magdalena öffnete die großen Fensterbalken, setzte sich ins Schaufenster, schob das Glas vor der Kasse zur Seite und bediente die Morgen-Kundschaft. Klärli saß hinter ihr, schaute zu, machte zustimmende Geräusche und später, so gegen neun Uhr, als sie das Salamisandwich verputzt hatte, pfiff sie ein Lied. Es war die Melodie von *Chumm, mier wei ga Chrieseli günna.* Magdalena drehte sich zu ihr um. Muss das sein? Klärli pfiff weiter. Du kannst also auch so richtig nerven, sagte Magdalena. Da erblickte sie Steve. Der Barkeeper von der Safari-Bar stand breitbeinig vor der Auslage, Magdalena fand, im Tageslicht gleiche er dem Assistenzarzt, er war seine frischere Version, vielleicht auch seine kaputte. Hinter Steve wartete, wie immer ganz in Schwarz, der Meteorit, in der Hand hielt er eine winzige rote Papiertasche. Natürlich schaute er weg. Magdalena zuckte zusammen, sie wollte die Schiebetür schließen und die Fensterbalken, in ihr Zimmer flüchten, verschwinden, aber da fiel ihr ein, Klärli sitzt hinter mir. Sie entschied sich für den Angriff. Sie würde mit dem Barkeeper reden, laut und deutlich, damit dem Meteoriten nichts entginge, sie würde an den ausgeschämten Abend in der Safari-Bar anschließen, deshalb war Steve ja hier.

Was mochte in der Papiertasche des Meteoriten stecken? Ein Schmucketui von Gübelin war es wohl nicht. Kein Diamant-Solitär, wie man ihn der betrogenen Ehefrau schenkt als glitzernder Beginn des rituellen Schenkens und Erotikersatzes, damit sie auch über die nächste Eskapade hinwegsieht. – Ein Füller zu ihrem Heft vielleicht?

Was darf es sein?

Allerlei, wie du dir bestimmt vorstellen kannst.

Etwas Spezielles im Allerlei?

Das saftige Erdbeertörtchen ganz vorne würde mir gefallen, falls es so gut schmeckt, wie es aussieht?

Die Erdbeeren sind rot, aber unreif, mit zu süßer Gelatine überzogen, Fertigcrème, eine kleine Lüge in der Teigrondelle.

Bist du das etwa?

Möglich.

Darf ich an der Teigrondelle saugen?

Nein.

Warum denn nicht?

Ich bin nicht käuflich.

Ich sage ja auch nicht kaufen, ich sage saugen.

Einmal Erdbeertörtchen, also? Kommt noch etwas dazu, für Frau, Kind, Freundin, Mutter?

Nun, damit machst du mich schon ziemlich glücklich. Wenn noch etwas dazukommt, ich bin dabei – und Single. Einer von den Einsamen.

Das sagen sie alle.

Glaubst du mir nicht?

Mein Glaube wird sehr gestärkt, wenn du für das Törtchen fünfzig Franken bezahlst.

Ich gebe dir hundert, wenn du mir sagst, wann ich wiederkommen darf. Es bleibt auch unser Geheimnis.

Ich habe keine Geheimnisse, das ist mein Problem. Macht also 100 Franken, weil ich dir das anvertraut habe.

Ou, jetzt ist sie sauer. Habe ich uns an die Wand gefahren? In so kurzer Zeit?

Nur fast.

Lass uns nochmals frisch beginnen. Mit dem Alltag. Dann arbeiten wir uns vor. Habe den Bus verpasst und den Termin. Ich hoffe, ich komme pünktlich zu meiner Beerdigung, wie man so schön sagt.

Man …

Hast du noch ein paar Vanille-Cornets?

Ich habe nur noch ein Cornet. Schon weggelegt. Für mich. Aber ich würde teilen, eine Hälfte abtreten. So ist man halt.

So ist man halt. So bist du: schwierig und lohnend. Würde die Hälfte das Doppelte machen?

Das Geteilte gewinnt immer an Wert.

Ich nehme die Hälfte gerne. Vor allem, wenn du für mich an der Schnittfläche leckst, bevor du sie einpackst. Das wäre mein Lichtblick an diesem dunklen Tag.

Überlegst du eigentlich viel?

Weiß nicht. Du?

Ja.

Müsstest du gar nicht, du hast ja mich und das alles, lebst zwischen Teilchen und gezuckerten Dingen.

Du interessierst dich für gezuckerte Dinge?

Für die entzückenden Dinge, die Zuckungen des Lebens, die Zukunft und für den Zugang zu gewissen Räumen. Wo wohnst du eigentlich?

Hier.

Im Laden, klar. Du rollst abends die Yoga-Matte aus, streckst dich, schläfst bis zum Morgengrauen und wirst vom Duft frischen Brots und Kaffees geweckt. Kann ich einen Kaffee haben?

Ich verkaufe keinen Kaffee. Komm zum Ende der Woche wieder!

Sei nicht hart zu einem einsamen Mann, der dir sein Herz über die Theke reicht. Nicht mit der Tortenzange zwacken, bitte! Lieber mit einem Stiletto fixieren.

Wie einen Käfer.

Gern.

Schmerzt es dich, wenn ich dein Herzchen einklemme?

Mit dem Stiletto-Absatz?

Ich trage meine Lieblings-Converse, schwarz. Schlimm?

Ganz schlimm. Würdest du das ändern, unter gewissen Umständen? Für mich?

Du nimmst also das Erdbeertörtchen, ein halbes Vanille-Cornet und ein Stück Zwetschgenwähe?

Ja. Das macht?

Hundert.

Du schenkst mir das halbe Cornet und die Wähe? Ich nehme das persönlich.

Gut.

Darf ich morgen kommen?

Zum Ende der Woche.

Wie soll ich so lange überleben?

Gebäck rationieren oder schwimmen gehen.

Du hast raffinierte Ideen. Viele, oder? Ich kann mich darauf verlassen. Das weiß ich, ich weiß schon einiges über dich, außer deine Schuhgröße. 36?

Nein. Klassisch.

34?

38.

Wer bestimmt, was klassisch ist? Die Verkaufszahlen?

Ich.

Darf ich am Nachmittag zurückkehren?

Um mit mir zu sprechen?

Nicht primär.

Zum Ende der Woche.

Du gibst nicht nach. Hier das Honorar für heute. – Auf Wiedersehen!

Als Steve weg war, trat der Meteorit ans Schaufenster und sagte, auf Wiedersehen. Dann ging er. Magdalena rannte zur Tür. Klärli hielt sie am Arm fest. Eine Blusennaht riss, aber es war nichts zu sehen. Bohne bleibt!, sagte Kakao. Sie hielt sie am Handgelenk zurück. Bohne bleibt!, wiederholte sie scharf. Setz dich, beruhige dich, mach deine Arbeit! Sonst verlierst du sie noch. Gerri hat recht. Mit allem. Reiß dich zusammen, Mädchen! Ich muss nämlich zur Garage Sommerhalder, du erinnerst dich, Märky-Kommando. Schlechte Idee, ihre Befehle nicht zu befolgen. Und deshalb kannst auch du nicht weg, jetzt nicht, in einer Viertelstunde nicht, am Mittag dann, wenn die Märky kommt und dich ablöst, kannst du dich erholen und eine Runde nachdenken, ja? Schau mich nicht so flehend an, ich weiß ja nicht mal, wie die Kasse funktioniert. Wenn wir versagen, den Laden im Stich lassen und auffliegen, sind alle unsere Pläne im Eimer, das ist dir hoffentlich klar.

Lass mich los, bist nicht mein Kindermädchen, sagte Magdalena.

Dann werde endlich erwachsen! Ich dachte, das mit dem Meteoriten sei fertig.

Ist es auch.

Habe ich gesehen. Lass die Finger von dem Typen!

Ich schaffe das.

Ciao, sagte Klärli, bis später.

Bis später.

Klärli schlüpfte aus dem Trench und hängte ihn an die kleine Wandgarderobe beim Ausgang.

Ist dir nicht kalt?

Nein, jetzt bin ich aufgewärmt, das war der Ärger, ich ziehe die Saunaidee durch. Trage warme Unterwäsche. Sie schnappte sich die Autoschlüssel und verließ die Konditorei Bäckerei Märky. Magdalena saß im Schaufenster hinter der Kasse, leckte sich den Puderzucker aus den Mundwinkeln und schrieb ins Langeweileheft: *ein Berliner reicht*. Dann schloss sie es. Sie würde heute Abend Gerri anrufen und fragen, ob er Klärli kennenlernen wollte.

Magdalena sah sich am See, einen flachen Stein in der Hand, sie wollte nicht ins Wasser gehen, sie war in Spiellaune, sie hielt den Stein zwischen Daumen und Zeigefinger, holte aus und gab ihm einen leichten Dreh, bevor sie ihn losließ, er schlug auf der Wasseroberfläche auf und hüpfte noch ein, zwei, drei … sechs Mal, bevor er versank.

Magdalena stellte das Radio lauter, als um elf Uhr die Nachrichten kamen, internationale Meldungen, das Wetter, das sie ja selbst sah, es war noch immer trüb draußen, dann kam die Polizeimeldung. Fahrerflucht am Helvetiaplatz, schwarzer Golf GTI mit Zürcher Kennzeichen gesucht, der Lenker habe das Opfer, einen älteren Mann, zwei Mal überrollt, es müsse von einem mutwilligen Anschlag ausgegangen werden. Das Opfer sei noch an der Unfallstelle verstorben, die Hintergründe unklar. Bald war Mittag.

Magdalena nahm einen zweiten *Berliner*, biss ein Stück ab, spuckte es aus und warf den *Berliner* weg.

Sie bediente ein paar Schülerinnen und die flinke Floristin, die ihr Dreifach-Sandwich abholte, das Magdalena mit Klärli zusammengestellt hatte. Der Floristin gewährte sie jeden Wunsch, von Zeit zu Zeit bekam sie deshalb frische Blumen. Kommst du am Nachmittag schnell rüber, fragte die Floristin jetzt, ich habe etwas für dich. Gern, sagte Magdalena.

Da stand Frau Märky vor ihr. Ab in den Mittag!

Magdalena schlüpfte in den beigen Trench und lief zum Bellevue. Im Belcafé kaufte sie einen Roggenring mit Lachs und Dill, dazu Mineralwasser, und setzte sich draußen auf eine Bank. Sie schaute zum Springbrunnen und dachte an ihren Vater, als plötzlich Marlon Brando neben ihr stand und fragte, darf ich?

»Jede Art zu schreiben ist erlaubt –
nur die langweilige nicht.«

VOLTAIRE

Roman
384 Seiten

Die Slowenin Zora lernt ihren Ehemann, den Arzt Pietro Del Buono, am Ende des Ersten Weltkriegs kennen. Sie folgt ihm nach Bari in Süditalien, wo sie in einer eleganten Villa ein großbürgerliches Leben führen und sich zugleich als überzeugte Kommunisten im Widerstand gegen den Faschismus Mussolinis engagieren. Zora – herrisch, klug und temperamentvoll – will mehr sein, als sie es in ihrer Zeit kann, und drückt ihrer Familie über Generationen ihren Stempel auf.

Roman
288 Seiten
Auch erhältlich als eBook, Hörbuch und Hörbuch-Download

Sie heißen Paula, Judith, Brida, Malika und Jorinde. Sie kennen sich, weil das Schicksal ihre Lebenslinien überkreuzte. Als Jugendliche erlebten sie den Fall der Mauer, und wo vorher Grenzen und Beschränkungen waren, ist nun die Freiheit. Doch Freiheit, müssen sie erkennen, ist nur eine andere Form von Zwang: der Zwang zu wählen. Fünf Frauen, die das Leben beugt, aber keinesfalls bricht.